鹿児島ふるさとの昔話 3

下野敏見 著

南方新社

まえがき

「みなさま、めっかり申さん」。これは種子島の「皆様、こんにちは」です。

鹿児島県内には薩摩、大隅の二つの半島があって、長島、甑島《こしきじま》や硫黄島、竹島、黒島、口永良部島《くちえらぶじま》、屋久島、種子島とつづき、さらにトカラの島々、奄美《あまみ》諸島（奄美大島、加計路麻島《かけろまじま》、与路島《よろじま》、請島《うけしま》、喜界島、徳之島、沖永良部《えらぶ》島、与論《よろん》島）とつづいています。

ひろい海にちらばるこれらの島々は、一つひとつ、文化風土がすこしずつちがっていて、興味ぶかいです。そこに数百年あるいは千年も前からつたわってきた昔話や伝説は、聞くほどに、読むほどにじつに興味ぶかいものがあります。しかも、町や島がちがうと、語りくちも話の内容もすこしずつちがってきます。

「めっかり申さん」は、「ながくお目にかかりませんでしたね。ひさしぶりでなつかしいですね」というような意味がこもっています。しかも、昨日あったのに、今朝はまた「めっかり申さん」です。なんとやさしく、ていねいなことばでしょう。

さて、ここに、『鹿児島ふるさとの昔話3』をおとどけいたします。さいわい、本シリーズ1、2がたくさんの方々によろこんでいただいたようですので、ここに続刊を出させていただきます。

子供さんは、小学三年生ごろから読んでみてください。大人にもたのしんでいただけるかと思います。いや、親と子といっしょに読むのもよいかもしれません。

鹿児島が生んだ侏儒《しゅじゅ》どんの智恵ばなしや各地の動物ばなし、その他、おもしろい話がいっぱいです。

本書にのっている曽於市財部町《たからべちょう》の荒武タミさんは目が不自由で、若いころは苦労されたようですが、持ち前のあかるさでのりこえ、若いときからたくさんの昔話をおぼえ、民謡もたくさんおぼえました。そして、板三味線のゴッタンを弾《ひ》きながらすばらしい歌を歌われ、東京の国立劇場の舞台で独演したこともあります。

本書は、薩摩・大隅のおもしろい昔話や伝説をのせ、つづいて離島各地の昔話や伝説を記してありますが、なかでも奄美のケンムンばなしは傑作です。鹿児島のセンデガラッパや大隅ガラッパにくらべて、負けずおとらずの大活躍をします。今回は、奄美篇はケンムンでしめてしまいました。でも、おもしろいです。どうか、存分におたのしみください。

なお、本書の表紙と挿画は、元鹿児島純心女子短期大学教授の永松美穂子先生に、今回もおせわになりました。先生の絵のすばらしさが本書をいちだんとひきたててくれて、ほんとうにありがたいことです。永松先生は、薩摩菜々のかたがたと共著で、童画・文集『あしたてんきになあれ』を出しておられます。発行所は東京の「未知谷」社です。すばらしい絵本です。

平成二十六年三月三十一日

下野敏見

鹿児島ふるさとの昔話3——目次

第一章　薩摩の昔話から

一、さつま町（旧宮之城町）二渡《ふたわたい》、久留友二さん（明治十八年生）の話

①子抱き娘

宮之城《みやんじょ》の虎居に川口という集落があるよね。そこに、精《せい》之次《のじ》というおじさんがおったそうだ。

その人はなかなか正直もんで、まずしいながらもまじめにくらしていた。また、その人は魚《いお》とりがすきで、ひまがあれば網をもって川内川にいっていたそうだ。

ところが、ある日、川内川の淵《ふち》のそばで、一人の娘をみかけた。殿様の姫さんかとおもうようなりっぱな身じたくをしたよか娘だったそうだ。

ちかづいてみると、その娘は子を抱いていた。すると、娘がいうには、

「おじさん。おねがいですが、この子をいっとき抱いてくれませんか」と。

「うん、おらぁ、魚《いお》とりにきたのじゃが、ま、いっときなら抱いてあげよう」

というと、娘は、

「あたしが頭をけずるあいだ、抱いておいてください」といったそうだ。

そして頭をけずったところが、

「こらァ、えーことをしもした。もう何年も頭をけずらんかった。ああ、よかきもち」

というたち。そして、

「おじさん。おまえは、わたしの子を抱いたことを三年内《うち》に人にいうと、もういきちゃおれんど」といったそうだ。

その人、精之次はなかなか正直者だから、この話はだれにもいわずに一生けんめいはたらいたそうだ。すると、三年たち、五年もしたら分限者《ぶげんしゃ》になってよかくらしをするようになったそうだ。そしてすむ家も、よか家をあたらしくつくったそうだ。

その家つくりに、手つだいにやってきたある人が、

「精之次、あんたはちかごろ、分限者になったが、どうしてこげな分限者にないがなったか」

ときいたそうだ。すると、精之次は、

「うん、三年内《うち》はいわん約束じゃったが、もう五年もたつからちょっと話してよかろ。じつはね。川内《せんで》川の淵のそばで山姫にあって、こうこういうことじゃった」と話したそうだ。

つぎの話は、これとはべつな話だが、宮之城《みやんじょ》のさきのほうの泊野に一人の男がおったそうだ。その男は、「板負《いたう》せ

駄賃取《だちんと》い」といって、馬の背に板をせおわせてはこぶ人であった。その人はじつは、精之次に分限者になったわけをきいた人の友達であったらしい。しかし、精之次の話はきいていなかった。

それからしばらくして、その人は、あるとき、泊野の山道で、山姫にであったそうだ。山姫が、

「おじさん、おじさん。この子をいっとき抱いてくれませんか」

というたそうだ。すると、その人は、

「おらァ、今いそがしか。もう友達の衆《し》におくれてしもた。おまえの子供どこいじゃなか」

というたち。

それからというもの、その人は分限者になるどころか、ますますびんぼうになり、まもなく病気になって死んでしもうたそうだ。

ところで、話はさっきの精之次のつづきであるが、昔、宮之城《みやんじょ》の殿様の娘の腹がふとうなって、親にもいえずに川内川のだんかんはちじょうが岩というところの淵《ふち》にとびこんで死んだという話がある。

そのときは、殿様の娘だから、七人の侍女《じじょ》をべつの小舟にのせて、淵のところで舟遊びしていたそうだ。殿様の娘がとつぜん、淵にとびこんだので、侍女たちはあわててつぎつぎにとびこんで娘をたすけようとし、みなおぼれてしまったそうだ。

さて、精之次が川内川《せんで》の淵のそばであった子抱き娘は、じつはこの殿様の娘の幽霊であったようだ。も、そしこの話。

②二渡《ふたわたい》どん

この二渡地区をひらいた人はな、石塔《せきとう》どんとも二渡どんともいうてな、むこうにふるい石塔がたっておるじゃろ。その人のほんとうの名は東郷六郎というて、集落の北西にある山の高城《たかじょう》にすんでいたそうだ。つまり、それが二渡どんじゃよ。

ところが何百年かまえ、島津さまといくさになって、二渡どんの軍勢が敗《ま》けたそうだな。あの石塔の右がわを行くと、こまんか迫（小さな谷）があってなあ。そこを千人迫というて、人を千人きったとこいじゃというよ。

二渡どんがその迫を逃げやっとこいよ。佐目《さめ》の馬ちゅて、目ン玉は青白く、毛なみが白い馬にのってなぁ。

ところが、二渡どんののったその馬が田んぼの泥に足をふみ入れてしもて、ひきあげがならんじゃったち。そして、島津の兵にうしろからきられたそうじゃ。

その二渡どんのおった高城《たかじょう》の城跡《しろあと》は、今も石垣がずらっ

とのこっておるよ。

③島原の人

とこいで、霜月の二十八日はなあ、あたいどもは、親鸞《しんらん》上人《しょうにん》さまの死んみゃった御正忌《ごしょうき》の日だから、仕事はやすんで如来《にょらい》さまに手をあわせんにゃならん、というてなあ。だいじな日じゃっとよ。

ところが、その日もまえの日もあとの日もかまわずに、村々をまわる者がおってなあ。それは、肥前の島原からやってくる人で、いちゃっくわんというたなあ。

いちゃっくわんは薬売りであったが、藤八御紋《とうはちごもん》ともいうてなあ。いちゃっくわんは、一薬官と書いて、薬を売る人だったよ。その人は手風琴《てふうきん》を弾《ひ》いて、

「オイチニ、オイチニ」と囃《はやし》をかけて歌をうたうもんじゃった。そいで、彼をオイチニの一薬官ともいうたなあ。

一薬官は、

「疝気《せんき》、疝癪《せんしゃく》、ないてろ、かいてろ」

と叫《おろ》うで宣伝すっとやなあ。疝気とは、脱腸のことで、疝癪とは胸や腹のいたみが急にひどくなる病気のことじゃ。

しかし、その人は一薬官をして村々をあるいてもあまり売れないもんじゃから、かんがえるところやな。ほかになにか金もうけはないかと。

そこでかんがえたのが、四足《しそく》もん獲《と》いじゃ。四足もんとは、四足の動物じゃな。それを獲って太鼓や三味線《しゃみせん》をつくる人に売るわけよ。

そして、その人は狐やダンザ（狸）、ムジナ、カワウソなどをどんどん獲って儲《もう》けたそうじゃな。

どんどん獲って、七百二十匹獲ったときは、ちょうどあくる年の霜月二十八日であったが、じつはその日も山にいって、干し柿を串にさし、柿のなかにダイナマイトを仕かけておいたと。そしたら、ダンザがやってきて、干し柿をガシッとくうたそうだ。そのとたんに、「ダーン」と爆発して、ダンザはころりと死んでしもた。

その人は、山の神様にまいって、

「神様、わたしは今まで七百二十匹の四足もんを獲ったが、千匹獲りたいので、どうか力をかしてください」

とねごうたそうだ。

そして、その人は家にもどって、いろりの火にあたっていたところが、急に腹がせいてきて、どもこもならず、苦しみつづけ、とうとう朝がたになって目をとじ、息もせんようになったそうだ。

近所の年寄りたちもよってきて、

「こらもう、ケ死んだようじゃから、はよ、寺にしらせて

坊《ぼう》さんにきてもらおう」

と相談するところじゃな。ところがそのとき、その人の目があいたちゅでなあ。目をあけて、

「ああ、おれは地獄にいってきた。今、地獄からもどったとこいじゃ」

というたそうだ。皆がポカーンとしていると、

「おれが地獄にいったところが、お前がくるのはまだはやか。如来さまを拝《おご》うでからこいといわれて、もどされたのじゃよ」

その人はこういうと、すっとたち上がってみせたそうだ。もう腹のいたみもすっかりなおっていた。そして、まわりをかこんでいる年寄たちに、

「おれはもう、これからは四足《しそく》もんは獲らんよ。霜月二十八日の御正忌《ごしょうき》（親鸞上人《しんらんしょうにん》の命日）には仏さまをおがむよ」

といったそうだ。それからというもの、その人は熱心な仏教信者になったという話じゃ。

ところで、これはべつな話だが、この二渡集落のはずれの人が、ある日、馬を二匹ひいて大山の道を薪《たきぎ》とりにいきおる途中で、馬が二匹とも進まなくなったそうだ。みると、前方に、きれいな女子《おなご》がたっていた。

「山姫だ」と、その人はおもった。それで、馬を二匹ともひいてまたもどったそうじゃ。じつはこの日も霜月の二十八日だったそうだ。その人もそれからはもう霜月二十八日には山などにはいかずに、御正忌《ごしょうき》の行事に参加するようになり、熱心な仏教信者になったということじゃよ。

④座頭話《ざっつばなし》

昔はザッツ（座頭《ざっつ》）どんというて、目は不自由だが頓智のきいた人たちがおるもんじゃった。

昔、宮之城《みゃんじょ》の町に師匠のザッツと弟子の小ザッツがおったそうだ。ある日、師匠が、

「小ザッツ、小ザッツ。今日はどっち方面にいこうかね」

ち。すると、小ザッツが、

「師匠さん、師匠さん。東にいけば米ん飯がたべらるっが、西にいけば川内《せんで》の皿山んゴゼ（瞽女《ごぜ》、目の見えない女）ん衆《し》にあえるがねぇ」

というたそうだ。

「どっちもよかが、どっちにいこうかね」

「そら、師匠さん、杖をたててみて、たおれるほうにいきもそや」

「うん、そらよかかんがえじゃ。杖をたててみれ」ち。そこで小ザッツが杖をたてたら、川内《せんで》のほうにたおれたそうだ。

「師匠さん、杖は川内《せんで》のほうにたおれもした」

「それじゃ、皿山いっじゃ」

というて、師匠と小ザッツの川内《せんで》ゆきがはじまったそうだ。

ところが、とちゅう、ちいさな川がたくさんあって、こまんか（ちいさな）橋がおおかったそうだ。まず、師匠がさきにわたって、

「小ザッツ、小ザッツ。こら、こまんか橋じゃっで、ほんの端をとおらんで、まんなかをあるけよ」

「はい、はい、師匠さん」

と小ザッツはいいながら、師匠のいうことはきかないで橋の端のほうをあるいた。ところが、小ザッツは琵琶をせおったまま、どぼんと川におちたそうだ。

「はら、小ザッツ、小ザッツ。おまえはひっちゃえた（おちた）ね」

と、師匠が叫《おら》ぶと、小ザッツが、

「はい、ひっちゃえもした」

とこたえたかとおもうと、すぐ、

「師匠さん、師匠さん。もう上《あが》ってきもしたど」

というたそうだ。師匠は感心して、

「そら、はやかったが。どげんして上《あが》ったか」

とたずねたそうだ。すると小ザッツは、

「せんでこん」とこたえた。

「そうか。跳《と》びあがったか」

と師匠はいうたそうだ。川内大根《せんででこん》は、大根の根が地面にたかくのびて、その上に青か葉っぱがついているからなあ。

師匠が、

「とこいで、杖はどうしたか」ときくと、小ザッツは、

「小鳥《ことい》の巣おろし」とこたえたそうだ。

野原の小鳥の巣はどこにあるかわからん。そこで、師匠は、

「ははあ、どこにあるかわからんのじゃな」

と、うなずいたそうだ。そして、

「琵琶はどうしたか」ときくと、小ザッツはすかさず、

「分限者《ぶげんしゃ》どんの初孫」ち、いうた、と。

「ははーん、琵琶はだきしめておったか」

といって、うなずいたそうだ。師匠は小ザッツの頓智に感心して、なんとかやっつけてみようとおもって、

「とこいで、小ザッツ。おまえは生まれたところをしっちょいか」というたそうだ。

すると、小ザッツは、「はあー」とおおきなあくびをしたそうだ。それをみて師匠は、

「大口じゃったね。ははは」

と大笑いしたそうだ。

しばらくあるいてから、一休みし、タバコのみ（煙草《たばこ》吸

い）がはじまったそうじゃ。

「小ザッツ、小ザッツ。おまえは、その琵琶はなんの木でつくってあいか、しっちょいか」

と師匠の声だ。すると、小ザッツは、師匠にちかづいて、師匠の頭《びんた》ん毛を煙管《きせる》のさきの火でちょっと焼いたそうだ。

「こら、小ザッツ、おまえはなにをすいか」

と師匠が叫《おら》ぶと、小ザッツはいうたち。

「師匠さん、師匠さん、琵琶をつくった元の木じゃした」

「なに。うーん、そうか。毛焼き、つまり欅《けやき》の木か。うーん、そのとおりじゃ」

次々にみごとにこたえる小ザッツを、なんとかへこましてやろうとおもう師匠が、

「小ザッツ、小ザッツ。おまえのそん琵琶の撥《ばち》はなんの木でつくったか、しっちょいか」

というと、小ザッツは、唾《つば》をぺっぺっとはきちらした。

「こら、小ザッツ。なにをすいか。はてな、うーん、そうか、椿《つばき》じゃ、ちね。あははは」

師匠はまた大笑いした。そして、

「小ザッツ、このへんで昼飯《ちゅうはん》にしようか」

というたと。すると小ザッツが、

「師匠さん、師匠さん。あたしの昼飯《ちゅはん》は数の子んめしじゃ」

と。

「なに、数の子んめしか。そらァ、よか御馳走《ごっそ》じゃね」

「じつは師匠さん。ゆうべは泊らせはできんというところに、あたしが無理をいうて泊いもしたが、そこのおばさんが数の子のめしじゃというて、弁当をつくってくれもした」

といって、弁当をひらいてみたら、粟んめしだった。粟んめしは、ちいさな粒々が数《かず》限りなくはいっている。

「そらみよ」

師匠は、小ザッツの頓智にやられながらも、ちくりと一針さした。そして、

「小ザッツ、小ザッツよ。米んめしをくいに菱刈方面にいこう」

というたそうだ。そして、祁答院《けどういん》をとおって宮之城《みやんじょ》から菱刈のほうにむけてあるいたと。

「小ザッツ、小ザッツ。気ばれよ。菱刈で米んめしを腹一杯《はらいっぺ》くおう」

ところが、その途中、どこにいっても、

「ザッツどんな、泊らせん」

と言《ゆ》やいことだそうだ。そいからこまって、お宮に泊って歩いたそうだ。そこで、師匠が、

「小ザッツよ。もう菱刈《ひしかい》いきはやめて、横川のほうにあるいてみようや」というたと。

あくる日、横川をあるいていると、小ザッツが、

座頭話

「師匠さん、師匠さん。おはんな（貴方《あなた》は）、横川といやったどん、このへんの川はみな縦《たて》川じゃんさを」ち。

「よう、お前《わい》がよな（目のみえない）奴《と》が、横川も縦川も分かぃもんか」と。すると、小ザッツが、

「はい、何《ない》がわかぃもんそかい。あたしゃ、座頭《ざっつ》じゃんさおー」

というたそうだ。

ほいで、師匠のさとりもよいが、小ザッツは、師匠が何《なん》というてもいいかえして頓智をはたらかせたのじゃな。はははは。もう、こしこん話。

「座頭話《ざっつばなし》」とは、ザッツどんにちなむ頓智話です。太平洋戦争まえは、県内どこでも、盲目の琵琶弾《ひ》きであるザッツどんが杖をつきながら、集落をたずねてきて、各戸をまわり、縁側に腰かけて琵琶をひき、物語をうたったものです。そして、米か銭をもらいました。

ザッツどんは気位がたかく、縁《えん》側も表の間の縁に腰かけて弾奏《だんそう》したものです。侍《さむらい》の家の出身者でした。しかし、なかには琵琶がよくひけずに、ただ物乞いだけするザッツもみかけるものでした。

本稿は、ザッツの師匠と小ザッツの弟子の頓智話でした。この話は、一休さんと小僧の話にもにていて、その鹿児島版です。人びとは小ザッツの頓智をたたえながら、話をたのしんだのです。

ところで、座頭《ざっつ》とは、室町時代の琵琶法師の座の役目「座頭《ざとう》」にちなむことばです。江戸時代には盲目の僧侶姿の琵琶弾《ひ》きをいったのでした。かれらは目が不自由にもかかわらずもちまえの頓智をいかして、よく冗談《じょうだん》をいってわらわせたのでした。

女の盲目の三味線弾きを瞽女《ごぜ》といいます。戦前は瞽女《ごぜ》のすがたもよくみかけるものでした。社会保障制度がととのわない当時は、盲目の人でもなにかしてたべねばなりません。男はザッツやアンマに、女はゴゼになる人が多かったのです。

薩摩半島南部では、「知覧ゴゼ、川辺ザッツ」ということばがあります。知覧にはゴゼの寄りやすい宿があり、川辺にはザッツがよくあつまる寺があったのでした。

⑤川内《せんで》がらっぱ

わたしは、二渡《ふたわたい》のこのさきの道路のそばに、瓦やき竈《がま》をもっておった。

ある日の夕方、お日さまがしずんで、あたりがちょいとくろぐろとなったころ、瓦やき竈の戸口におって、しごとをしていたときのことよ。

むこうの新田土手《しんでんどて》からまっすぐな二間《にけん》（四メートル）道路があるからな、そん道路をがらっぱん衆《し》が、「ぐずぐず、ぐずぐず」というてくだっていくとや。そらもう、なんともいわれんようなへんなきごえじゃな。「ぐずぐず、ぐずぐず」というのがね。

わたしは、竈《かま》んねきぃ（そばに）、ちょっとかくれて声のほうをみておっとやな。わたしが火をたきおるさきに、二十間《けん》（四十メートル）ぐらいのところを、「ぐずぐず、ぐずぐず」いうて、がらっぱがいくとじゃなあ。十ぴきばっかいの声がしてよ。

わたしは、「ここいおってよかろか。如何《いけ》なもんじゃろかい」とおもうて、しゃがみこんでいると、もう十間ばかりのちかくになって、また「ぐずぐず、ぐずぐず」というてとおるとじゃなあ。ほしたら、

「ま、どこへいくもんじゃろかい」とおもっていたところが、そこんまえの小川のほうに行く。その小川にはちいさな淵があってよ。そこにいくふうじゃった。そして、

「ごぼごぼ、ごぼごぼ」と、人間をおしこむような音をたてて、淵にきえてしもうたよ。

「がらっぱなんど、おらん」という人がいるが、わたしはこの眼と耳でしっかりたしかめたからなあ。昔から、「川内《せんで》がらっぱ」というからね。がらっぱはかならずおっとよ。

⑥よしけぇ、かしけぇ

えー、昔。よしちゅう犬《いん》とかしちゅう犬《いん》と、二ひきこうている狩人《かりうど》がおったそうだ。

ある日、紫尾《しび》の上宮山《じょうぐうやま》に猪狩《ししが》りにいったそうだ。上宮山のちかくにさしかかったとき、犬《いん》が二ひきともはげしくほえたちゅうなあ。そこには二丈《じょう》（六メートル）も三丈もまわるようなふとか木がはえていた、と。その根元んところで犬が、「わんわん、わんわん」はえるとじゃなあ。狩人は、

「わいどま、ないごてほゆっか。そげんほゆれば猪《しし》はでちゃこん。お前たちは何《なん》の役にも立《た》たん奴らだ」

としかって、二ひきとも鉄砲で射《う》ちころしてしもうたそうだ。そいから狩人はふと、「犬が二ひきともあんなにはげしく叫《おろ》うだが、なにかあったかな」

とおもって、上をみたら、そらもうそがらし（大変）ふとか蛇が、大口をあけてとびかかろうとしていた。

狩人は、「うわーっ」とさけんで鉄砲をかまえようとしたが、その瞬間、大蛇は狩人にとびかかり、ぐるぐるまきしてしもうたちゅうでなあ。

狩人は大蛇にまかれながら、「よしけぇ、かしけぇ」と叫《おろ》うだそうじゃ。

そいで、狩人の魂は、梟《ふくろう》になって山奥にいき、ときどき

あらわれては、「よしけぇ、かしけぇ」というて、なくのだそうじゃよ。

⑦恭順和尚《きょうじゅん》

ずっと昔なあ、桜島に恭順和尚という坊《ぼん》さまがおいやったそうだ。そしたとこいがなあ、ある日、その坊《ぼん》さまが桜島ん衆《し》になあ、

「もうやがて、お岳がうっぽがす（大噴火する）から、みんな、鍋、釜は地駄にうめて身一つで、はよ、鹿児島にわたれ」

と、いわれたちゅうでおー。

それで人びとは、鍋、釜はまたほりだせるように目印をして土のなかにうめて、いそいで何艘かの小舟にのり、鹿児島をめざしたそうだ。

しかし、なかには、「あのバカ坊主がいうことが、ホがあいもんか」といって、島をはなれなかった人たちもいたそうだ。

ところが、やがてお岳がうっぽげて、火があがり煙があがって、にげなかった人たちは焼けしんでしもたちゅわい。

恭順和尚は、鹿児島にわたった衆《し》に、

「ここァ、せっぺ（精いっぱい）、いなかの山んなかにいかんにゃいけん。わしについてこい」

といって、入来峠《いりきとうげ》をこえ、樋脇《ひわき》をとおり、川内川のわきの東郷の南瀬《のうぜ》ちゅうところへいったそうだ。

この話は私の母からきいた話じゃが、母は東郷の南瀬《のうぜ》からこの二渡《ふたわたい》にきたのやからなあ。そいで、母がいうには、南瀬《のうぜ》には、昔、恭順和尚がたてた寺があって、いまも寺屋敷というておるちゅてなあ。

その寺をたてるときにはなあ、恭順和尚が十間《じっけん》（十八メートル）四方の杭《くい》をうって、「ここに寺をたてよう」といわれたそうだ。

そしてりっぱな寺がたったらしい。それがいまからいえば、何百年もまえのことじゃからなあ。

そして、朝晩、お経をあげておがんだそうだ。桜島からやってきた人たちも昔からおる村の人たちもみんなおがんだということじゃ。

ところが、そのころは、塩負《う》せ馬ちゅうがおってなあ。馬の背に塩俵を何俵もせおわせて通るもんじゃった。串木野や川内の京泊や阿久根などの海岸村から川内川にそって、南瀬《のうぜ》をとおり、宮之城をとおって、菱刈方面に塩うりにいくとやなあ。

あるとき、二十五匹の塩馬がとおるはずじゃったが、一頭たらんことじゃったたち。馬も、人も、塩俵の一頭分たらんと。よくしらべてみたら、一番尻の奴がたらんのじゃっ

た。

「ここは昔から大蛇がおるところだというが、その大蛇が、馬とめ塩とめ、人間までもかうでしもうたのじゃなかろうか」

「えっ、そいなら、恭順和尚にたのんでしらべてみようや」

「うん、それがよか」

ということになって、恭順和尚にたのみにいったそうだ。南瀬《のうぜ》から二渡のほうへくるとちゅうに、蛇《じゃ》の穴ちゅうところがあるが、恭順和尚はそこにいき、いろいろ供え物をして祈ったそうだ。そして、

「大蛇がでてくれば、みなでやっつけよう」

と、元気のよい農民たちに鎌や鉈《なた》、山鍬などもたせて穴の口にまったが、大蛇はすがたをみせない。まってもまっても大蛇はあらわれなかったそうだ。

そこで、恭順和尚がいうところじゃ。

「さあ、皆の衆《し》、大蛇はでてこんので、わしによかかんがえがある。それは、水攻めじゃ。みんな、ミッタンゴ（水桶）に水をいっぱいいれて、イネサシ（担い棒）でにのうてきなさい。さあ、はやく」

そこで、みんながミッタンゴで水を何回も何回もくんできて、穴のなかにいれたそうだ。その蛇の穴は、東郷をくだれば川の底をとおって、五本松というところにある穴の口へとつながっているということじゃ。

その五本松の穴から水がどんどんながれだしたそうだ。

「これで、大蛇はしんでしもうじゃろ」

と、和尚がいったそうだ。

そのあと、何十年かして宮之城の殿様がその蛇の穴をつかってトンネル工事をし、水利の便をはかったそうだ。川のながれをよくしたわけじゃな。

そのとき、人間の足の甲ばっかしのふとか骨がでたちゅうでや。大蛇の骨じゃろうなあ。

ところで、恭順和尚は、勝敗《しょうはい》の鏡ちゅうをもっていたそうだ。だいじにしておったらしい。そして、恭順和尚がケ死んみゃいとき、言《ゆ》やったそうだ。

「この鏡に雲がひいたときは、世のなかがもつれたときじゃ」と。

「私（友二さん、明治十八年生まれ）が二十歳といえば、日露戦争のころだが、その鏡を見せてもらったことがある。すると、鏡に雲がひいていたのじゃよ」

ほいで、そのころからこんな妙な世のなかになってしもうたとじゃなあ。

この蛇の穴の話は、南瀬《のうぜ》から嫁《とつ》いできたわたしの母親からきいた話だよ。

さつま町の旧宮之城町二渡《ふたわたい》にすんでおられた久留友二さんは、明治十八年の生まれで、筆者がおあいできた昭和四十八（一九七三）年には満八十八歳になっておられた。まだまだ元気なおすがたで、以上の話をとくとくと話された。全部で八話ほどかたってくださったが、そのうちの一話はおもしろい話ではあったが、艶笑譚《えんしょうたん》なのではぶいた。ここに収録の七話はいずれも薩摩にちなんだ伝説の形をとっているけれども、頓智話であったり、子抱き幽霊や河童《かっぱ》、梟《ふくろう》、大蛇の話になったりして、全国的な昔話や妖怪談につながっている。

一つの話のなかに、いくつかの話がとけこんでいて、自由な展開をみせておもしろい。久留さん独自の口承文芸の世界をきずきあげていて注目される。久留友二さんは、宮之城が生んだ独特のかたり手だといえよう。

二、伊佐市（旧大口市）大島、西田ケサノさん（明治四十三年生）の話

① 嫁《よめ》・姑《しゅうとめ》の正月礼《しょがって》

昔ねえ、嫁女《よめじょ》と姑《しゅうとめ》が正月礼《しょがって》にいかれたちゅわい。

ほしたや、もう正月のことなれば、いまごろのようなよかもんは買いはできず、カッパ焼きや卵んコガ焼きなんどがよかもんで、そして煮しめなどしてだし、また、酢のもんや餅のしるなどでて、おてちき（落着《おてっ》き、十分に）くえば、もうそれで正月礼はすんだもんじゃった。

そいで、その嫁と姑《しゅうとめ》の二人が正月礼にいかれたときのことや。その親類の家では、餅の汁や何《ない》かかいかして、ごっそうをつくってだされるのじゃ。そしたら、姑《しゅうとめ》が、

「いやいや、もう腹いっぱいなしたで、もうあたしはくやできんで、もうだっしゃっ給《たも》んな」

とゆうところじゃ。その家の人が、

「そうゆわんで、正月ですから腹いっぱいたべて下さい」

というと、

「いや、もうさげて下さい。もう腹いっぱいじゃから。もう、これ以上くえば、腹がひっさぐるいが（ひき裂《さ》けるよ）」

といって、たべなかったそうだ。

「じゃんそかい（そうでしょうか）」

といって、親類のおばさんは、ごちそうをもった膳をさげたそうだ。

「もう、たいへん、ごちそうになりました」

と、礼をいって、ふたりはかえったそうだ。

そのかえり道で、嫁女が、

「カカさん、カカさん」ということじゃ。

「よう、ないよ」

と、姑《しゅうとめ》がいわれたそうだ。すると、嫁女が、

「カカさん、せんしゃか（斟酌《しんしゃく》は、遠慮は）めんめん（一人ひとり）することにしんそや（しましょうよ）」

というたそうだよ。すると、姑《しゅうとめ》が、

「それはまた、何《なん》ということか」

というと、嫁が、

「おばはんは、よか御馳走《ごっそ》をだっしゃった。若《わけ》もんと年《とい》なもんはちごうでな、あたしは、まだくいたかったどん、もうおはん（あなた）が出《だ》っしゃんなといわれるもんで。あたしはもうよだれがおちるようだったどん、あのおばはんは膳をもっていかれたおー。そいで、もう、せんしゃか（遠慮は）、めんめんすることにしましょうよ」

というたそうだ。姑《しゅうとめ》は、

「そうじゃったか。すまんかったな」

というて反省したと。

ほいで、若ぇもんは子供をそだてるときには、食《く》ても食《く》ても、いくらでん食いたいもんじゃから、嫁と二人、正月礼《しょがつで》や盆礼《ぼんで》などにいったときは、姑《しゅうとめ》はあんまり遠慮などしないで、だまってごっそうをいただくもんじゃ、という話よ。

これは、姑《しゅうとめ》になったときの心がまえというて、母からきいた話ですよ。それが、私がまだ十歳のころ、ユルイ（囲炉裏）のハタ（端《はた》、脇）で、正月の餅の汁《しゅい》をたべながらきいたものですよ。

②隣《とない》の苦菜《にがな》

昔、じさんとばっさんとおいやったちんさあ。ほしたや、じさんがもう年中、くいもんのこまごつ（小言《こごと》、文句を）いうて、ばっさんはこまっていたそうだ。

ばっさんは、「こら、どうしたなら、じさんがよろこんでくうもんじゃろかい」と、いつもかんがえておらいたそうや。

じさんは、近所んばっさんの家にあそびにいくと、

「おはんな、これをくわんや」

「おお、もろてくおう」

ということで、もろてくうと、旨《んま》かもんで、家にもどれば、近所のくいもんをほめらったちゅでや。

それをきいて、ばっさんはもう歯がゆして、

「あそこのばっさんの料理がそげん旨《んま》ければ、おはんなもう、あそこへいけよ」

というて、年中、けんかをしおらったちゅわ。

「今日はどうにかして、じさんをだまかしてみよう」

とかんがえついて、大根葉《でこんば》をとって、そして豆腐《おかべ》がなかっ

たので、味噌を摺《す》ってまぜた味噌んヨゴシ（あえもの）をして、

「じさん、じさん。今日は近所ん誰々《だいてろ》さんから、ヨゴシをもろうたよ。くわんか」

と、いってくわせたそうだ。すると、じさんは、

「おう、ヨゴシちゅうは、こげんなもんか。こらァ、うめえもんじゃ」

ちゅて、くわれたそうだ。ばっさんも、

「まこて、誰々《だいてろ》さんのとは、うまかなあ」

ちゅて、二人、なかよくくわれたそうだ。

あくる日は、じさんが、

「今日は、おまえも、昨日んよなヨゴシをしてくわせんけぇ」ち、言《ゆ》われたちんさあ。

そこで、ばっさんはまたヨゴシをしてくわせたち、

「やっぱい、おまいがしたヨゴシよいか、近所んばっさんの昨日のヨゴシが旨《んめ》ねぇ」

とゆわれたちゅで。

そこで、ばっさんが、

「じさん、昨日のヨゴシはもろたもんじゃなくて、あたしがしてくわせたもんじゃ。昨日も今日もおなじヨゴシじゃとに。隣《とない》の苦菜《にがな》ちゅうてなあ、近所んもんは家んもんより旨《んま》かもんじゃ」

と言《ゆ》やったそうだ。すると、じさんははじめてよくわかり、

「ばっさん、すまんじゃった。やっぱい隣《とない》の苦菜《にがな》じゃねぇ。おいがわるかったね」

といってわびたそうだ。

この話は、近くの加治屋登さんから五年ほど前（昭和四十九年ごろ）きいた話だという。

③ウソひっちゃいかん

ウソひっちゃいかんとは、ウソをいうちゃいかんということよ。

昔、わっぜ（大変）仲のよか二人のおばさんが、ちかくにおいやったそうだ。

ほしたや、一人のおばさんは年中、晩飯のはやか人で、もう一人のおばさんはいつもおそか人じゃったちゅわ。

ほうしたとこいが、晩飯のはやか人が、

「今夜どま、おまえが家にあそびにいこかい」

というと、晩飯のおそか人が、

「ええ、遊びにきやぃ」といわれたちんさ。そこでさっそく、

「も、仕舞うたや」とやってきたそうだ。仕舞うたやと

は、晩飯をすませたかということで、「今晩は」という意味じゃよ。

「うん、もう仕舞うたど」ち、まだすませてはいないのに、いやったち。

しかし、そう答えた人は、「この人は長尻《ながじい》じゃいが、いつまでおられるかな」と心配したそうだ。それでも、

「もう正月もきて、夜もながいからゆっくりあそびやい。いっしょにかたいもんそ」

というたち。そしてかたりおったら、もう果《はて》はなかったちゅでや。もう、夜《よん》が夜《よ》して（一晩中）かたっておられるので、晩飯のおそかおばさんは、「こら、腹がへってひもじかで、餅《もっ》の汁《しゅい》でも練ってくおうかいね」と思って、囲炉裏《ゆるい》の自在鉤《じざかっ》に汁鍋をかけらいたちゅわい。

そのおばさんは、鍋をかけて、まずダシ汁をとろうとおもうて、雑魚《ざこ》をいれたところが、もう一人のおばさんが、

「おまえは、おれに煮てくわすいとじゃなかや」といわれたち。

「うんにゃ、そいじゃなか」というても、

「うんにゃ、も、よかで、煮いやんな」

ちゅて、自在鉤に手をやって鍋をつりあげたちんさあ。

「うんにゃ、ま、雑魚《ざこ》から煮ろわい」というて、鍋をおろせば、ついあげ、おろせばついあげして、何度もくりかえすことだったちんさあ。

ほいで、晩飯のおそかばあさんは、ひだるして（ひもじくて）も、夜《よん》が夜《よ》して（一晩中）食《く》はならんじぃ、ほして食切《しょつぎ》れをしてたおれたちんさあ。

ほいで、ウソはひっちゃいかん。『仕舞うたや」といってやってきたとき、「んにゃ、まだじゃらあ、まだ食《く》ゎんとじゃらあ」と、ほんとうのことをいえばよかったのじゃなあ。そしこん話。

ケサノさんは、この話も母ユリさんから、十歳のころきいたといいます。正月には、囲炉裏《ゆるい》にふとか無患子《むくろじ》の木を割ったのを焼《く》べて、昔話などかたってきかせたそうです。

④仲のよかふたり

昔、じいさんとばっさんがふたりすんでおいやったちんさあ。なかなか仲のよいふたりで、

「おまえがケ死んときゃ、おれも死ぬ。おれが死んだときゃ、おまえも死ね」

ちゅて、そらぁ、仲がよかったちわ。

ある日、空がくもってきて急な夕立があったそうだ。

「こら、よかサダチ（騒立《さわだ》ち、夕立）じゃ。これでよかウレ（潤《うるお》い）がする」といって、かたっていたそうだ。その

とき、ひっ魂消《たまが》いようなふとか雷《かんなれ》がなったそうだ。「タン、ターン」というてなあ。

ほしたや、ばっさんは、

「じいさん、恐《おとろ》しかよう」

というて、じいさんのところにいってだきついたちんさあ。じいさんは、

「おまえがケ死んときゃ、おれも死ぬ」

と、かねていうておったが、雷《かんなれ》どんにひっ魂消《たまが》って、も、ばっさんをはらいのけて、一生けんめいにげて押し入れにかくれたちゅでや。

ほしたや、ばっさんは、

「まこてねぇ、じいさんという人は。お前がケ死んときゃ、おれも死ぬ、おれが死ぬときゃおまえも死ね、ちゅて、あれほどいいおったが、こらまあ、世の中でわが身ほど可愛《もぞ》かもんはなかもんじゃ」

といってなげいたそうだ。じいさんは、

「こんど雷《かんなれ》がなったときゃ、おまえもつれてにぐっから」

というたが、ばっさんの胸はおさまらなかったちゅでや。

ほいで、わが身ほど可愛《もぞ》かもんは、世のなかにはなかもんじゃ、という話よ。も、そしこ。

この話をケサノさんは、西田家へ嫁にきたころ、近所の岡留というおばあさんからきいたといいます。

三、伊佐市（旧菱刈町）上市山《かみいちやま》、泉家安《いえやす》さん（明治二十四年生）の話

①貧乏神

どこかの村に一人の男がくらしておったちゅうで。ところが、なかなかくらしがよくならん。

そこで、ある人にたずねたそうだ。すると、その人は、「お前の家には貧乏神がおるから、お前はもう、にげたほうがよかが」ち、いわれたと。

男は、「そんならにげよう」というて、旅支度をはじめたそうだ。まず、わらじをつくろうとおもって、つくりはじめると、じつは貧乏神も、わらじつくりをしておったて。

わらじをつくりあげて、それをはいた男が旅にでようとしたら、貧乏神も同じようにしてついてきたそうだ。

男は、ふりむいて、貧乏神があとからついてくることがやっとわかったそうだ。

「うんにゃ、こらいかん。どこまでもついてくる」

といって、男は、「もうそんなら、家にもどろう」と、わが家にもどり、ある人にまたたずねたそうじゃ。

すると、その人は、

「おまえが、一生けんめいはたらけば、貧乏神はどっかい馳《は》せ行《っ》く《ち》が《っ》」

と、いわれたそうだ。

「そいなら」というわけで、男は、それから朝もはやく起きて一生けんめいはたらくようになったて。

すると、貧乏神は、「お前のところは住みにくくなった」といって、どこかへ引っこしてしもうたそうだ。ところが、そのあとには福の神がはいりこんで、すみついたそうだ。

それからというもの、男の家はますますよかくらしになって、分限者《ぶげんしゃ》になったそうだ。

②長い名

「長いきするためには長い名をつけんにゃいかん」というて、長《な》んか名をつけらったちゅう。

その名が、「ひっちょこちょいのちょうしろう、ちょいのなーか長左衛門」という名じゃったちゅうわや。

昔は、何々左衛門《さえもん》とか、何々嘉衛門《かえもん》とかいうたからなあ。

そいで、「ひっちょこちょいのちょうしろう、ちょいのなーか長左衛門」とつけらったわけじゃ。

ほしたや、その子が運のわるいことに、ユガワ（井川、井戸）におちたそうだ。そしたら、その子の友だちが走ってきて、お母さんに、

「ひっちょこちょいのちょうしろう、ちょいのなーか長左衛門がユガワにおてたァ」

というたそうだ。すると、お母さんが、

「ひっちょこちょいのちょうしろう、ちょいのなーか長左衛門がユガワにおてたかー」

と言い、お母さんはお父さんに、

「ひっちょこちょいのちょうしろう、ちょいのなーか長左衛門がユガワにおてたつーど」

というと、お父さんは、

「ひっちょこちょいのちょうしろう、ちょいのなーか長左衛門がユガワにおてたかー」

といって、両親は、はしっていってユガワにいったそうだが、その子はもうまにあわずに、おぼれてケ死んでいたということじゃ。

ほいで、長《な》んか名をつけても運はのさらんもんじゃから、短《みし》か名でよかもんじゃ、というのじゃ。も、そしこの話。

泉家安《いえやす》さんの二つの話は、昭和四十九（一九七四）年八月四日、上市山の泉さんの家で聞きました。突然の訪問でしたが、このほかにもたくさんのおもしろい昔話や世間話を話されました。

③ホトトギス

昔、兄弟二人おって、兄さんは山芋掘りによくいく人で、山芋をほってきては、自分は山芋の上のほうのビワクチばかりたべて、弟には下のおいしいところをたべさせておったちんさあ。弟は、

「おれには、こんなうまかところをたべさせるが、兄《あにょ》はまだ、どんなうまかところをくうておいか」

と、いつもおもっていて、ある日、とうとう兄をころして腹をしらべてみたそうだ。ところが、兄の腹には、山芋の上のほうのうまくないビワクチばかり入っていたそうだ。

根性のわるい弟であったが、さすがに気がとがめて、とうとう鳥になって山のほうにとんでいったそうだ。弟はケサボウという人で、その鳥は、

「オトトケサボウ、コンジョン（根性）カケタカ。オトトケサボウ、コンジョンカケタカ」

となくのだそうじゃ。コンジョンカケタカは、根性がかけたか、根性がわるいということじゃな。その鳥は、ホトトギスだそうだ。

これも泉家安《いえやす》さんの話。家安《いえやす》さんはこの話を、母の千貫《せんがん》カムラさん（慶応元（一八六五）年生）から、おさないころきいたそうです。家安さんがかたったのは、前の話とおなじ一九七四年でした。家安さんの話三つは、いずれも全国的にかたられている昔話の菱刈版であり、みじかい話ながらも家安さん独自に自由に語られていておもしろい。

④稲穂と大豆

わいわれん（自分の）体をくってぶらんぶらんさがっている虫がおるがね。あれは、昔のアマンシャンメじゃったといわれているよ。

そのアマンシャンメが、あるとき、人間をみて、「あいつらは、働かんでも食《く》もんが多くて楽をしてくらしておる。ちょっと食《く》もんぬ《を》へらして、なんぎさせんないかん」

というたそうだ。そして、そのころの稲穂は、根っこから上のてっぺんまでいっぱい実がついていたのを、アマンシャンメが両手でしごいて、上の部分だけ残した。それで、いまでは稲の穂は、上のほうだけついているのだそうだよ。

アマンシャンメは、人間がすきな大豆もしごいてやろうとおもって、手をかけたが、大豆は根ばいからトゲがあって、なっている実にもトゲがあったので、手がいたくて、しごけなかったそうだ。

それで、大豆は根っこから上までずっと、実がなってい

るのだそうだ。

アマンシャンメちゅうは、人間でいえばひねくれもんじゃなあ。人がああいえばこういい、こういえばああいうて、煮ても焼いても食えんような奴じゃな。

あばれん坊の子供が、わるいことばかりしていると、「あのアマンシャンメが」というたもんじゃよ。


アマンシャンメは、肝属郡《きもつき》ではアマンシャグメともいいます。右の文中のぶらんぶらんさがっている虫は、蝶の蛹《さなぎ》のこと。アマンシャンメの語源は天邪鬼《あまのじゃく》で、仏像の仁王《におう》や四天王《してんのう》がふみつけている小鬼《こおに》のことです。つむじまがりで、わざと人にさからうような者こそアマンシャンメなのです。

⑤のさった果報

昔も昔。あるところに一人の石切りがおってなあ。道端で石を切りおったら、巡査（警官）がきて、

「こげんところで石を切って、散らかすとはいかん」

といってしかったそうだ。その石切りは、

「こらァ、巡査とはええもんじゃ。人を叱《が》いちらかして仕事をする。おいも巡査になろう」

とおもうて、巡査をねごうてやっとかない、いっぺこっぺあるいて人を叱《が》いちらかしてまわったそうだ。

ほいどん、巡査は雨がふっても傘どん差すことはなく、ぬれてあるいたそうじゃ。そいで、よく雨にうたれ、ぬれたと。

「うんにゃ、こら、雨こそ一番ええわいな。おいも雨になろ」

というて、氏神様に必死におねがいして今度は雨になったそうだ。雨になって人をこなそうとおもうて、いっぺこっぺ降ってあるいたら、つよい横風がふいてきて、こまってしもたと。

「うんにゃ、こら、風こそよかもんじゃ。おいもいっぺふいて歩《さる》こう」

ということで、また神様におねがいして、こんどは風になったそうだ。そしてあっちこっちふきまわして歩いたら、土手があってさえぎられた、と。

「うんにゃ、こら、土手はつよかもんじゃ。おいも土手になろう」

といって、また神様におねがいしてこんどは土手になったそうだ。そして、いばっていたところが、モグラがやってきて土手に穴をあけて、ひっくりかえしてしもうたと。モグラになろう」

「うんにゃ、こらモグラこそつよかよかもんじゃ。おいも

というて、神様におねがいしてこんどはモグラになったそうだ。そして、いっぺこっぺひっくりかえしてあるいたら、おおきな石にあたって、にっちもさっちもいかんことじゃったち。

「うんにゃ、こら、石こそつよかよかもんじゃ。おいは石になろう」

というて、また神様の力でこんどはおおきな石になったそうだ。そしたら、石切りがきて、石を割って切りだしたそうじゃ。

「うんにゃ、こらいかん。石切りこそよかもんじゃ」

というて、そん男は元の石切りになったそうじゃな。

ほいで、「のさらん果報はねごうな」ちゅうわけじゃよ。石切りは石切り、鍛冶屋《かじや》は鍛冶屋、魚売《いお》いは魚売いでくらして行け、人のまねはするな、と昔はいうたもんじゃよ。いまの世とちごうて昔はそんなもんじゃった。

これは、かんたんに人まねをするなというたとえ話じゃな。

この話は、④とともに、一九七四年八月三日に泉家安さんの家できいたものです。家安さんは、明治二十四年生まれで、当時かぞえの八十四歳でした。ところで、「のさらん」は「乗さらない」ということで、幸運にめぐまれないこと。のさるは、その反対。家安さんは、この話は、七、八歳のころ、近所の満田《みつだ》善助爺からきいたといいます。

⑥水晶の玉

あるところに七つか八つになる男の子がおったて。昔は、その年になれば、親の衆《し》はもう、子供をひとりで畑仕事にやるものじゃった。

ところが、親が畑に行ってみると、その子は畑をいっちょん打っておらず、虫などとってあそんでおったち。いつもそうだった。

そこで、親父《おやじ》が、

「お前のようなもんは、もういらん。家からでていけ」

と大声でしかったそうだ。男の子は、

「はい」といって、家をでたと。そのとき、母親がひきとめた。しかし、親父のいかりはしずまらず、男の子はでていった。

そのあとから、母親がおいかけてきて、

「これをもって行け」と、ちいさな包みをくれたそうだ。

男の子はひとり、あるところの海辺をあるいていたら、一ぴきの魚が潮からうっちょかれて、浅瀬で、バッタンバッタン、しおったて。

男の子は、「こら、いかん」といって、海の方になんとか

水晶の玉

おいやってたすけてやった。そして、しばらくいきおったら、うしろのほうから人がおっかけてきたそうだ。

男の子は、「さっき魚を逃《の》がしてやったが、あれをとろうとおもっていた男にちがいなか」

こうおもって、一生けんめいはしってにげた。しかし、子供の足だ。すぐにおいつかれて、つかまってしもた。

「おまえは、どうしてにげるのか」

「おじさんは、あの魚をとるつもりじゃったろ」

「いやいや、わたしは竜宮神《じん》のつかいの者じゃ。あんたがたすけた魚のことは、すぐ竜宮にわかって、あんたに礼をするためにいそいでやってきたところだ」

その人はこういってから、

「さあ、いまから竜宮へいこう。あんたに竜宮の神様が宝物をくれるらしい」

男の子が、心配そうに、

「おら、人間じゃって、海のなかじゃいきておれん」

というと、その人は、

「んにゃ、心配はいらん。あんたは、ちょっと目をつぶっておればよか」

こうして、竜宮にいくことになったが、その人はいった。

「竜宮について、竜宮の神様が宝物をくれるときは、こまかもんでよかといいなさい」

「さあ、目をつぶれ」

男の子が目をとじていると、

「もうよか。目をあけてよか」

という。みると、あたりはうつくしい竜宮の御殿であった。きれいな魚の群がむかえて、竜宮の神のまえに行くと、

「あんたは、魚をたすけてくれてありがとう。さあ、おれいに宝物をくれるから、なんでもほしいものをいいなさい」

といわれた。みると、かべには宝物がいっぱいさがっていた。男の子は、さっきの言葉をおもいだして、

「あのこまかものをください」

というと、竜宮の神様はさっそくとってくれた。それはメシゲ（しゃもじ）のようなものだった。そして神様は、

「これは呪《まじな》い棒で、死人にこれをさして、いきよ、いきよ、といえばいきかえるのじゃ」といわれた。

男の子はそれをもらって竜宮をでて、もとの海辺にもどったそうだ。それから男の子は、あっちの村、こっちの村をあるいて、人からものをもらい、やっとくらしておったそうだ。

話ははやいもので、それから何年かたち、男の子がある村をあるいていると、女子《おなご》の衆《し》が何人もいて、ざるに米を入れて、ゴッシ、ゴッシ、ザック、ザックとあらっていたそうだ。

「なにかあったのじゃろか」

とおもってきいてみると、庄屋どんの娘がしんで、これから葬式があるという。

男の子は、いそいで庄屋どんの屋敷にいってみると、おぜいの人がくやみにきていた。

「あたいが、娘さんをいきかえらしてみすっで」

こういうと、

「そんなボロをきた者《もん》が何《ない》がでくいもんか」

「いやいや、せっかくのことじゃ。娘さんをみてもらおう」

と、いろいろ意見がでたが、庄屋どんが、

「娘をいきかえらせがないもんなら、大変《わっぜえ》、よか医者どんじゃ。みてもらおう」

といって、話はきまった。

男の子は、もう青年になっていたが、娘さんの体のそばにいって、懐《ふとこ》ろから例の呪《まじな》い棒をとりだし、娘さんの胸にあて、ちいさな声で、

「娘さん。さあ、いきよ、いきよ」

といった。すると、娘の目がぱっちりあいて、おおきなあくびを一つすると、娘はすっくとたちあがった。

まわりをかこんでみていた人たちは、もうびっくり。庄屋どんはおおよろこびだった。

こうして、葬式はおいわいの酒盛《さかも》りになった。そのとき、庄屋どんがいった。

「どうか、この家の養子にはいってください」

男の子は承知した。それで、おいわいはさらにもりあがった。

それから何年かたち、男の子は故郷の父と母をおもい、たずねてみることにした。

故郷はとおくはなれていた。つかいをやって親元にしらせると、親も村の衆《し》もみんな、でむかえていた。

きれいな身なりをして、何人もおともをつれた男の子夫婦がやってきたが、親ん衆《し》はすぐには息子だとはわからなかった。

男の子は、すぐに年老いた両親をみつけてこえをかけた。

「お父《とう》さん、お母《かあ》さん、いまじゃった。おいじゃ。ほれ、宝物じゃ」

といって、母のしわくちゃの手にちいさな包を渡した。

それは、男の子が家をでるとき、母からもらった包みだった。

男の子は、その包みをだいじにし、ときどきあけてみていた。それは、ちいさな水晶玉で、キラキラとかがやいてうつくしかった。男の了は、さびしいときはそれをみていつもなぐさめられていた。

母はそれをみて、このりっぱな青年がわが子だとわかり、おおよろこびした。そして父《とと》もかけより、涙ながらによろこびあったということじゃ。

男の子は、年老いた父母のためにりっぱな隠居家《や》をたててやったと。

それまで、その地方には隠居家はなかった。はじめて隠居家ができて、老夫婦もきんじょの人たちもおおよろこびして、祝ったそうじゃ。

その村は、川内川沿いのある村だったそうだ。

この話も、一九七四年八月に泉家安さんからきいたもの。家安さんは、母親が男の子に包みをもっていけというときは、涙声になり、ほんとうに悲しい声で話してくださったのがわすれられません。すぐれた語り手でした。

第二章　大隅の昔話から

一、曽於市財部町《たからべちょう》大川原、荒武タミさん（明治四十四年生）の話

鹿児島県は昔話の宝庫。しかし、かたり手が各地にいたのは一九八〇年ごろまで。消えさろうとしている昔話を、なんとか記録してみようかとおもい、各地をたずねてテープ録音しました。

録音は、現地での方言録音。話の上手下手や方言と標準語のまぜまぜの話など、いろいろ。昔話は、ずっと昔は文字をよくしらない民衆の文芸、すなわち民間文芸でした。そこには、全国にひろまっている話もあれば、鹿児島独特の話もあります。ラジオもテレビもない時代、昔話は民衆の娯楽であり、また、学校のない時代にはひとつの教育機能もはたしていました。

今回は、霧島山麓の財部町大川原にすんでおられた荒武タミさんに登場ねがうことにします。タミさんは盲目で、板三味線《いたしゃんせん》ゴッタンの名手。東京の国立劇場で演奏されたこともあります。記憶力がよく、子供のころ聞いた昔話を何十年ぶりに話されてもすらすらと話されました。

今、ここに文字化するにあたって、せっかくの方言の名文を標準語にするのはおしいし、タミさんの御魂《みたま》にも失礼な気がします。それで、本稿はタミさんが話されたまま、大川原方言でしるしてみましょう。薩南方言を母語とする読者のかたがたには、ちときなれない方言がでてくるかもしれませんが、おゆるしください。話のはこびのたくみさや内容のおもしろさをたのしんでください。

①うぐいす屁《べ》

昔、昔なあ、爺《じ》さんと婆《ば》さんとおいやったげな。そいで、爺さんな毎日焚物《たつごん》といけ行たっ、そん焚物《たつごん》の売《う》っ、食《く》ちょい人じゃしたげな。

あるあさ、爺《じ》さんが

「婆《ばば》、婆《ばば》、今日《きゅ》は早《は》よ、昼飯《ひんめい》どん弁当にいれて、おかずもよかとをいれちょけね。近所ん、一時《いっとつ》あそびいたっくっで」ち、言《ゆ》たなら、婆《ば》さんが、「はい」ち言《ゆ》やしたち。ほいで爺《じ》さんはあそびいたっ、そいからもどっみたなぁ、もう弁当もいれちょったげなで。ほいで、爺《じ》さんは焚物《たつごん》といけ、いっきゃしたじゃしと。そしてそん、昼飯《ひんめし》ょ食《たも》ろうとおもうて、弁当をあけっみやったげなどん、そん、おかずがはいっちょらんこっじゃしたげな。

「まこて、おいが家《え》ん婆《ばば》どんは。おいがあげん言《ゆ》てたのんだとに、おかずはいれちょらん。おかずをいれん弁当をく

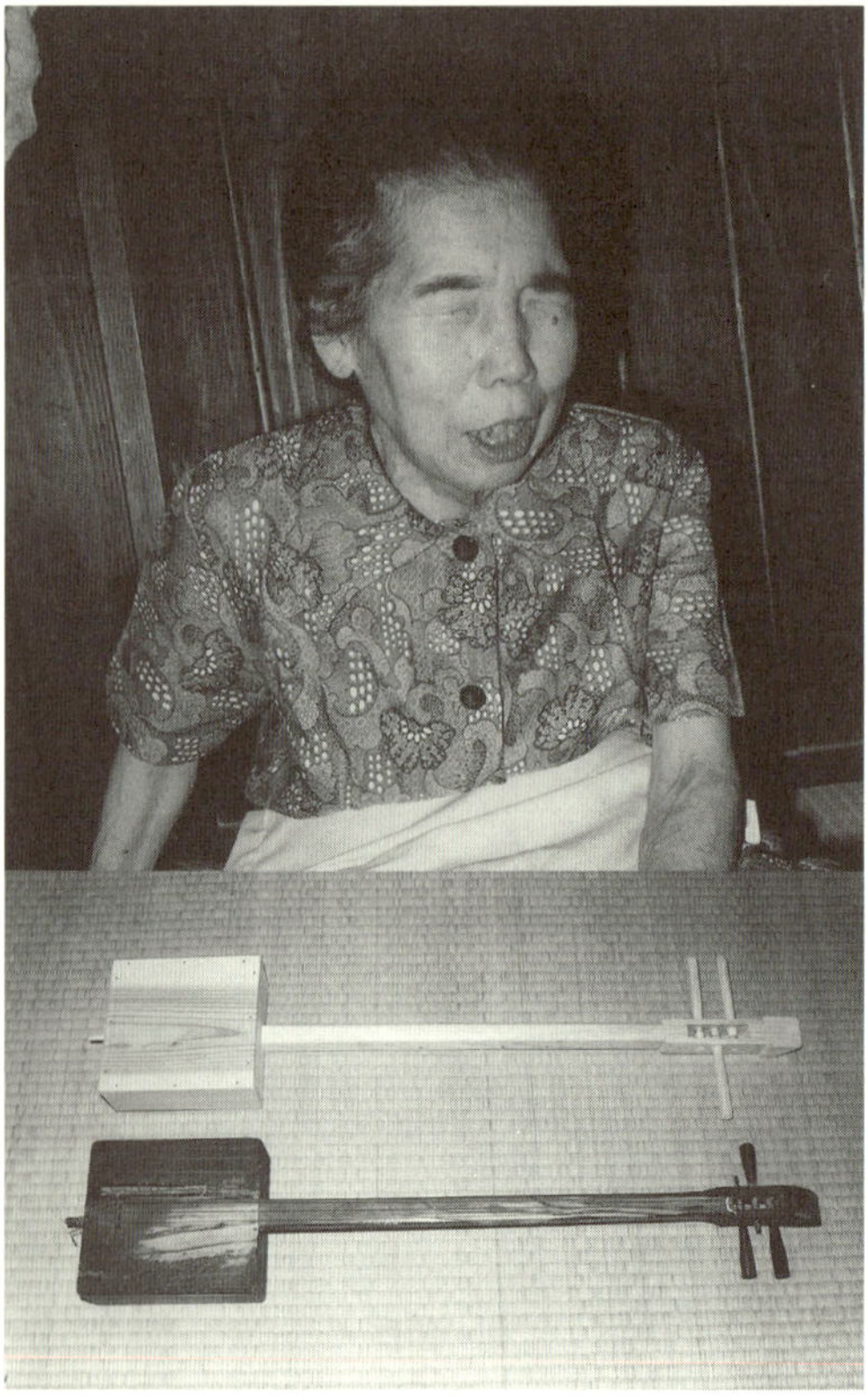

荒武タミさん（明44年生）と永年愛用のゴッタン（下）。糸がかすって白光りしている（曽於市財部町大川原の自宅にて。1977年）

がないもんか」ち、爺《じ》さんは一人言《ひといごと》を言《ゆ》かたじゃしとお。

ほいで、

「こわ、いかん。こいじゃくわならん。ウグイスん腐《けっさ》れでん、拾《ふる》っかまんなら」

こう言《ゆ》て、柴ん葉を漁《あせ》くいじゃしたげな。そうすると、ウグイスんケッサレが落《お》てちょしたげなでや。そいで、今度《こんだ》は、そいを拾《ふる》っ、かんみゃったち。そして、焚物《たっごん》のといおったぎいにゃあ、屁《へ》をひろうごっなしたげなでや。そしたぎいにゃあ、屁をひっみやったげな。ほしたとこいが、

「ホー、ホケキョウ」ち、屁がでたげなでや。

「んにゃ。こわ、焚物《たっごん》といどこじゃねぇ」ちおもうたが、また一時《いっとき》したぎいにゃあ、

「ま一度《いっど》、屁をひってみろう。今度《こんだ》は、違《ちご》た音がすいかもしれん」と言《ゆ》て、焚物《たっごん》をといおったら、また屁をひろうごっなって、屁をひったちんさあ。とこいが、

「ホーホー、ケッキョ、ケッキョウ」ち、屁がでたげなで

や。

「んにゃ、こわもう、焚物《たっごん》といどこいじゃねぇ。もうはよもどって、屁を売いけ行かんにゃいかん」と言《ゆ》て、焚物《たっごん》な、そけぇなげうっせて、家さねもどっ、

「婆《ばば》、婆《ばば》、はよきてみれ、今日《きゅ》はお前《まい》が弁当んおかずをケわすれたかげで、腐《けっさ》れウグイス拾《ふる》て食《く》たや、おいが腹からよかウグイスん声がでてよ。ほいでウグイス屁《べ》を町にういけいっから、おまや、はよ、銭《ぜん》を入るい袋をつくれ」

ほいで婆《ば》さんが布で米詰《こんつん》袋を縫《ぬ》やったぎいにゃもう、

「うん、こいでよか。こいから屁を売いけ、町ぃいかんにゃいかん」

ち言《ゆ》て、爺《じ》さんは出《で》やったじゃいげな。

そしたぎいにゃあ、町ぃいたて、

「ウグイス屁《べ》ぇ、ウグイス屁《べ》ぇ」

ち、叫《おろ》で歩《さる》っおったげなでや。そしたぎいにゃあ、どこかん旦那さんと出会《でお》て、

「爺《じ》さんな、ウグイス屁、ウグイス屁ち、叫《おろ》っ歩《さる》っきゃいが、ウグイス屁ち、なんの事《こん》な」ちゅたて。

「あたや、ウグイス屁ち、よか屁をうい奴《やっ》じゃ」ち。

「ほう。ほな、如何《いけ》な奴《と》か、みせてみやい」ちゅたち、なあ。

「いや、ウグイス屁はあたいがひっとじゃ」ち。

「ほな、ここでひっみせっみやい」ち言《ゆ》たなら、

「いいや、あたや、床様《とこさま》ん前ぇ花ゴザをしいて、座布団の上ぇすわらんにゃ、ひいがならんと、ごあんさぁ」ち、言《ゆ》やったち。そしたや、

「えー、ほんなぁ、家《やど》せぇいきんそ」ち。

ほして、旦那さんに付《ち》ぃいたっ、床様ん前ぇゴザを敷っ、すわっちょっさえ、

「ほな、いま、ウグイス屁をひっみ申《も》そ」ち、言《ゆ》て、「ホー、ホケキョウ」ち、ひいやったげなでや。そしたぎいにゃぁ、

「うんにゃ、こわ感心じゃ。まひとっ、ひっみっしゃん」

ち、言《ゆ》たぎいにゃあ、

「ホーホー、ケッキョ、ケッキョウ」

ち、ひいやしたげなでや。

「うんにゃ、こわまこて感心じゃ」ち。ほいでまた、旦那さんが、

「まひとつ、ひっみせはならんか」ち、言《ゆ》たぎいにゃあ、爺《じ》さんも気張《きば》っひっとこいじゃ。ほしたなあ、

「ホー、ケッキョ、ケッキョ、ケッキョ、キッキッキッキッキッ」ち、ひいやっとこいじゃしたげな。

「うんにゃ、こぁー大したもんじゃ。お金をどしこやったなあ、よかろか」ち、旦那さんが言《ゆ》うと、爺《じ》さんは、

「いいや、もう志でよか」ちゅたなあ、そん人《ふと》は分限者《ぶけんしゃ》ど

んじゃって、もう、そがらし（沢山の）お金をくいやったち。そゆ（それを）米詰《こんつん》袋に入れて、かたげてもどいやしたげなでや。

　そしたや爺《じ》さんは、もう一カ所ぐらいは行たてもらわんにゃと思《おも》て、歩《ある》っおったぎいにゃぁ、またやっぱい、さきの旦那さんみたいな人《ふと》にでおて、そけいたて、座布団にすわって、

「ホー、ホケキョウ」

「ホーホー、ケッキョ、ケッキョ、ケッキョウ」

「ホー、ケッキョ、ケッキョ、ケッキョ、ケッキョ、キッキッキッキッキッ」

　ち、ひいやしたぎいにゃぁ、もう、そん人《ふと》もとんと魂消《たまが》って、ほして、お金を沢山《ずんばい》くいやったち。ほして家ぇもどって、

「婆《ばば》、婆《ばば》、今日《きゅ》はよかったどー」ち言《ゆ》て、お金をみせたち。そしてから、また後《あと》ん日に何カ所かいたて、お金をもろて、爺さんなもう大分限者にないやったげなでや。

　とこいが、近所ん爺《じ》さんがやってきて、

「おまや、どげんしてこげな大分限者にないがなったや」

ときくのじゃったち。人のよか爺《じ》さんは、

「じつは、こうこうじゃった」ち言《ゆ》てきかしたぎいにぁ、近所ん爺さんが、「おいも、そげんせんないかん」ちゅて、

「婆《ばば》、婆《ばば》、弁当をつくってくれ。おかずはいらんからなぁ」ち。そげん言《ゆ》て弁当をもっ、山ぇいったぎいにゃあ、焚物《たっごん》のといかたで、柴ん葉を漁《あせく》いよったなら、ウグイスの腐《けっさ》れをみひけ出《だっ》しゃったげなでや。「こぁ、よかった」ち喜《よろく》で、そゆ食《く》てしもた、つでや。そっしぇ、一時《いっとっ》したなぁ、屁がでたじゃひげなでや。

「ホホ、ホケキョウ」ち、なぁ。ほしたら、そん爺さんは、あとん屁はひらんで、も、喜《よろく》で、走いとばけぇもどっ、

「婆《ばば》、婆《ばば》、はよ、コンツン袋でん何《なん》でんよかで、はよ、そこたいの袋をやっくれ。おいも町ぃ屁売いけ、いたっくっで」

ちゅうて言《ゆ》やったち。ほして、爺《じ》さんな、町ぃいたて、

「ウグイス屁《べ》ぇ、ウグイス屁《べ》ぇ」ち、叫《おろ》て歩《され》ったぎいにゃぁ、

「爺《じ》さん、爺《じ》さん。おはんなウグイス屁を売っとな。そや、どげなもんか」ちゅ言《ゆ》たち。

「うん、あたや、ウグイス屁をひって売い者《もん》じゃ」ち。

「ほな、ひっみせやい」ちゅたぎいにゃぁ、

「いや、あたいが屁は、床様《とこさま》ん前ぇ、花ゴザをしいて座布団をおかんにゃ、ひいはならんとじゃしと」ち、言《ゆ》たぎいにゃあ、

「ほんなぁ、あたい家《げえ》せぇ、いきんそ」

ちゅうわけで、そん人《ふと》ん家《え》ぇいたて、床様《とこさま》ん前ぇ、花ゴ

ザをしいちぇ、そん上ぇ座布団をおいちぇ、すわったち。そしちぇ、すわっちょっせえ、屁をひいやったぎいにゃぁ、

「ホホウ、ホケキョウ」ちな。ほしたや、その家ん人《ふと》が

「ま一つ、よか屁をたのんもんそ」ち、言《ゆ》やしたなぁ、そん爺《じ》さんは腹ぇ力をいれっ、気張ったち申《も》んさあ。ほいたぎいにゃぁ、もう、うんこがひんでてしもたち。

ほしたなあ、そこん人《ふと》が腹けて（怒って）なあ、

「人《ふと》ん家《え》ん座布団の上なんどに、うんこどんひっかぶいちゅうは、どういうこっか。誰《だい》かきて、こん和郎《わろ》（奴）をたたっだせ」

ちゅうとこいじゃ。ほいで、誰かきて、鎌でたたっやら、鉈《なた》で頭《びんた》をうっじゃら、しやっこっ（すること）じゃしたげなでや。そしたらもうそん爺さんな、チドロ（血泥）になって、泣っながら逃ぐっとこいじゃひげなでや。ほしたや、婆《ば》さんは、木戸口ぃ、まっちょって、

「こら、爺さんな、銭《ぜん》ぬズバイ（沢山）もろてもどっくっどなあ」ち、言《い》やいおったちゅ。ほしたなあ、チドロの爺さんがみえたち。婆《ば》さんは、

「爺《じ》さんは、銭《ぜん》ぬズバイもろて、赤手拭《あかちょのげ》どん買《こ》てかぶっちぇ、きやったなあ」

ち喜《よろく》だげなでや。

とこいが、近よってみたら、頭《びんた》はほんとのチドロじゃって、婆《ば》さんは、も、ひっ魂消《たまが》ってしもたち。

「爺《じ》さん、おまや、その頭《びんた》は何《ない》か」と尋《たんね》たや、爺《じ》さんは、

「んにゃ、も、こげなこちゃなかもんじゃ。こげん、こげんじゃった」ちゅうてなげいたげなでや、はんな（あんたは）。も、そしこん昔。

この話は、荒武タミさん（明治四十四年生）が六十六歳のとき、すなわち昭和五十二（一九七七）年七月三十日に、大川原の自宅で語ってくださった。目の不自由なタミさんは、わかいころ、薩摩独特の板三味線ゴッタンを弾《ひ》いて、家々をまわり、民謡など歌い、お金をもらってそれで生活するという瞽女《ごぜ》をした方。いまのような社会保障制度がない時代であったので、目の不自由な人は、女性は瞽女《ごぜ》に、男性は琵琶《びわ》を弾いてうたってあるくという座頭《ざっつ》になる人が多かったそうです。終戦まえには、そういう人たちが村々をまわってあるくのをよくみたものです。

ところで、この昔話は、甑島では「鳥呑み爺《じい》」という題でかたられています。それは、喜界島出身の岩倉市郎氏が昭和十二（一九三七）年に、下甑町の手打できいた話です（岩倉市郎採録『鹿児島県甑島昔話集』、三省堂、一九七三年）。また、柳田国男の『日本昔話名彙《めいい》』（日本放送出版協会、一九四八年）や関敬吾著『日本昔話集成』（角川書店、

一九五五年）にもしるされています。

この話は、「竹切り爺」ともいって、青森県から鹿児島県までほぼ全国に分布しています。

タミさんのかたるウグイス屁は彼女が十歳のとき、浜之市《はまんち》の目医者に行ったとき、ちょうど来あわせた川辺の久保常一という四十歳ぐらいの人からきいたといいます。名前までおぼえておられるとは、なんという記憶力のよさでしょうか。ただただ、おどろくばかりです。したがってこのウグイス屁の昔話も、そのとき、きいたままでしょう。

荒武タミさんは、民謡はオハラ節でも大津絵《おちえ》節でもなんでもうたい、しかも美声であり、昔話もたくさんしっているという口承文芸の天才ともいうべきかたでした。すごいかたにおあいできたものです。タミさんは、苦労したにもかかわらず明るい性格のかたでした。

二、志布志市松山町尾野見宮下、川崎渉《わたる》さん（大正四年生）の話

①日当山侏儒《ひなたやましゅじゅ》どん

・魚のカザ

侏儒どんの家のすぐとなりに住んでいる男がなげいたそうだ。

「侏儒どんは銭を沢山《どっさい》ためているそうだが、うちはいっこうにたまらん。いったい、どうすればたまるんじゃろうか。ひるめしなど、なにをくっているのかなあ」

ある日のひるめしどきに、男がこっそり、侏儒どんの家をのぞいてみた。ところが侏儒どんはなにもたべないでいた。それから男は家にもどって、魚をじりじりやいてひるめしをたべた。

すると、やがて侏儒がやってきて、

「ああ、うまかった。あんたの魚のカザ（匂い）でめしをくたよ」

といった。男はつい、

「侏儒どん、あんたはおれの魚のカザをただでかいだか。それはいかん。カザみ賃をはらえ」

「よう、それはそうじゃな。カザみ賃ははらうよ」

こういって侏儒は家にもどり、仏壇の下のたなの袋をとりだして、またやってきて男の目のまえでふってみせた。

「じゃらん、じゃらん、じゃらん」

もう一度ふってみせた。

「じゃらん、じゃらん、じゃらん」

銭の音だ。すると、侏儒が、

「おい。きこえたか。お前のカザでおれはめしをくった。

その返しを銭の音でしたよ」

こういうたそうだ。
・地蔵さんがぬすんだ羽織
ある日、侏儒どんが山にたきぎとりに行かったげな。ところが、着ていた羽織がじゃまで、それをぬいで地蔵さんの肩にかけておいた。そして夢中になってたきぎをとった。

ふと、気になって地蔵さんを見ると、羽織がない。

「あら、こりゃ、地蔵さん。あんたは泥棒じゃな。おれの羽織をぬすんだろが」

といって、地蔵さんを谷底へ、けころばした。そして家にもどってカカどんに、

「こげんこげんじゃった。地蔵さんがおいが羽織をぬすんだ」

というと、

「も、わいもそげなことがあるもんか。地蔵さんが人の羽織をぬすむちゅうことがあるもんか」

というたと。

「うん、そうか。そいじゃ、だれか人がとったとじゃな」

というて、侏儒は一軒一軒、村をまわって、

「だれかおれの羽織をしらんか」

とたずねてあるいたそうだ。


ところが、そこに火事がおこって、みんな一生けんめい火をけすところだった。

「だれかおれの羽織をしらんかあ」

とさけぶと、

「侏儒、お前の羽織どころか。どけどけ」

といわれて、たたかれてしまったち。

侏儒どんは家にもどって、カカどんに、

「こげんこげんじゃった」

というと、カカどんは、

「わいもバカじゃねえか。火事があって人がそうどうしているときは、タンゴ（手の桶。水桶）でもバケツでももって、水をかけてくるもんじゃ」というたそうじゃ。

「うん、そうか」ち、侏儒どんはいうて、別な村をいきおったところが、一軒の鍛冶屋があって、鉢巻をした男が「プーッス、プーッス」と火をおこしておった。そして、ぼう、ぼう、と火がおこっていた。

「これじゃ」とおもった侏儒どんはちかくにあったタンゴに水を入れ、ぱーっとかけたと。火はじゅっときえてしもた。

「こら、おまやなにをすっか」

と鍛冶屋はおこって、侏儒どんをたたいたそうだ。

家にもどってカカどんに、「こうこうじゃった」という

地蔵さんがぬすんだ羽織

と、

「そんときゃ、鍛冶屋どんの相手になってかせいでもするもんじゃ」

といわれたち。

それからまた、村をいきおったら、太かベブ（牛）が二匹、角をつきあわせておった。一方がまけそうになったので侏儒どんは、

「そら、まけるな、ベブ」

とさけんで、その加勢をしたと。すると、侏儒どんはつよかベブの角につかれてケガをしそうになった。家にとんでかえって、「こうこうじゃった」というと、

「そんなときは、ベラサ（イラサ。竹の笹）をふって二匹をわければよかとに」

といわれたち。

「そうか。よかことをきいた」

こういって、侏儒どんがまたあるいていると、オンジョンボ（尉《おいじょう》・姥《うば》、老夫婦）してケンカをしておったと。

「ここじゃ」とおもって、侏儒どんはみちばたのベラサをきり、たばねて二人をたたいた。

すると、二人は侏儒どんをつかまえてたたいたそうだ。

カカどんに、

「こうこうじゃった」というと、

「あんたも、オンジョンボんけんかをベラサでたたくちゅうがあるもんか。そんときは、なかに入って、『なかようせんにゃいかん。どっちもかちじゃ』というもんじゃ」と。

地蔵さんがぬすんだ羽織さがしのためにあちこちまわった侏儒どんであったが、いくさきざきでひどいめにあった。

「羽織はもうよか。また、山にたきぎとりにいこう」

こういうて、山にでかけた。ところが、地蔵さんがたっていたそばの木の枝に、その羽織がみつかった。

「うーんにゃ、おれの羽織はこけあった」

といってよろこんだ。じつは羽織は風にとばされてそこにひっかかっていたのだった。

家にもどった侏儒どんは、カカどんにこの話をすると、それが人にもつたわり、ある日、金持ちのじいさんがやってきて、

「侏儒どん、こうこういう仕事があるが」

ということだった。

侏儒はよろこんで、その仕事をしていると、そのじいさんが、

「侏儒どん、ごくろうさんじゃった。ここに紋付・羽織をひとそろい用意したので、お礼にあげよう」

といった。侏儒はよろこんでもらい、それから、まともに、一生けんめいはたらくようになったそうじゃ。

・放れ馬と枕

侏儒どんがうっかた（嫁さん）をもろうたげな。そして、うっかたの親の家にかせいにいかったげなでや。ほして晩にとまっておったげにゃあ、放れ馬が「パカッ、パカッ、パカッ」とやってきてあばれたそうじゃ。

侏儒どんはそのとき、ねようとしていたが、枕をどうつかえばよいかわからなかった。うっかたはまだ台所にいた。侏儒どんは、ふんどしをはずして枕にまきつけ、頭にのせてくくりつけた。

「うーん。こいでよか」

とおもっているところに、放れ馬がやってきた。みな、そうどうした。

侏儒どんが顔をだすと、みんなもう、馬どころじゃなくて、

「あれを見よ」

と、侏儒どんをみて大わらいしたそうじゃ。

以上は、一九七六年七月二十九日にきいた川崎渉さんの日当山侏儒どん話三話でした。「魚のカザ」はトンチ話で、「地蔵さんがぬすんだ羽織」と「放れ馬と枕」はオロカ話でした。侏儒どん話はこのどちらかで話されるのです。

川崎さんは第二次大戦中、少年兵として従軍し、医療を担当して傷病兵を介護するうちに整骨技術をおぼえ、免許もとったそうです。戦後は農業のかたわら整骨院をひらかれていました。川崎さんは昔話がすきで、筆者がたずねるとたいへんよろこばれて、いくつもかたってくれたのでした。

氏の昔話のルーツは祖父の源太郎さんでした。しかし、「地蔵さんがぬすんだ羽織」は子供のころ、加世田鉄義《かねよし》という人からきいたということです。

②世間話

・与四郎の話

これは明治のはじめごろに生まれた人の話です。昔は頭はよくても学校にはいかない人もいました。与四郎もその一人でした。

与四郎が鹿児島の旅館にとまっていたときのこと、新聞をさかさにして見ていると、女中が、

「だんなさん、おはんの新聞はさかさじゃっが、それでよめますか」

ときいたそうだ。

「うん。新聞をさかさによむのはむずかしかもんじゃ。ははは」

与四郎ははらをゆすりながら、こうこたえたそうだ。

あるとき、豪州（オーストラリア）産のおおきなやせ馬を手にいれた与四郎は、たくさんのたきぎをのせ、じぶんはその馬のあとについてカゴを背おってあるいていた。

すると、ある人が、

「与四郎じい。その馬はなんちゅう馬か」

ときいたそうだ。

「うん。これはなあ、ななせ馬というのじゃ」

とこたえたそうだ。

「それは、どういうわけか」

「うん。それはな、やせ馬に一つたらんといういみじゃ」

というたと。

・桜島の噴火

これは、渉さんの父甚徳さん（明治二十年生）の体験談です。

わたしは体一代、百姓ばかりしてきたが、おとろしかこともなんどかありましたよ。なかでも大正三年一月十二日の桜島の噴火はひどかったなあ。わたしがちょうどかぞえどしの二十八歳のときでした。

その日、「桜島がおかしかどねえ」といいながら、二、三人、畑の先のみはらしのよかところに行って見ていると、晴天なのに雲がわきあがって、私たちの頭《びんた》の上までやってきた。

すると、砂がバラバラあえ（おち）てきた。

「こらあ、はよもどらんと大事《だいじ》なこっじゃ」

といって、やとっていたわかい者《もん》もかえらせた。まもなく大噴火したのがちょうど十時ごろだったかなあ。

家にもどってみると、あたりはもうまっくらでした。家のなかではランプをともしてひるめしをたべましたよ。

それから四、五にちのあいだ、桜島はどろどろとなって、ときどき、いなびかりがしましたなあ。

そのあいだ、ズナ（火山灰）がふってきて、もう四、五寸もつもりましたなあ。

三、志布志市松山町泰野《たいの》、大保見徳《おおぼけんとく》さん（明治三十四年生）の話

①月夜ざらしの着物

あるところに子供をたいへんかわいがる家があったそうだ。トトさんもカカさんも、一人しかおらん娘ん子をかわいがってくらしておった、と。

麻を何本もうえて、その麻をむしてつむいだ。夜もおそくまで、月のひかりをたよりにつむいだそうだ。

そして糸になし、月夜の晩にはおそくまで反物に織って

なあ。そして着物をぬうて、また月夜の晩がきて、娘さんにそれをきせてみたそうだ。たいへんべっぴんな娘さんのすがたに、トトさんもカカさんもおおよろこびされて、その夜はねたそうだ。

ところがあくる朝、娘さんの姿が見えない。いくらさがしても見あたらなかった。

それから人びとは、「月夜ざらしの着物は着るな」というようになったそうだ。

大保見徳さん（明34年生、左）と伝承者たち（志布志市松山町泰野《たいの》。1976年、大保さん当時75歳）

そして、死人の着物だけは、晩に干すようになったのだそうだ。

この話は、一九七六年七月三十一日にきいたのでした。大保さんは、もと学校の先生をしておられて、ほかにも昔話をたくさんしっていました。

四、鹿屋《かのや》市輝北町《きほくちょう》下平房《しもひらぼう》、有村ミキさん（大正十五年生）の話

①山姥《やまんば》

昔、あるところに兄弟三人おったそうだ。ある日、おっちゃん（父）がこういうたと。

「ことしは粟ん穂がよくできておいから、おまえたちは畑にいってちぎってこい」

そして、バラ（網代《あじろ》あみの丸ざる）をもたせてやったそうだ。

ところが、畑では、ひとあしさきに山姥《やまんば》がやってきて、

「雨も風もこんうちに、はよつめ、はよつめ、ヒヒヒヒ」

といいながら、粟ん穂はつんでしまっていたそうだ。

三人が畑についてみると、粟ん穂はみんなつみきられて

山姥

いた。

「こら、どうしたわけか」

というちに、おとろしかすがたの山姥がやってきたので、三人はにげた。しかし、足ののろい末の弟は山姥につかまってしまった。

山姥は弟をバラにのせて、山奥にいったそうだ。そして、

「おまえはここで太鼓《てこ》をうっちょれ」

といって、山姥は谷川に水くみにいったち。

そしたら、白ネズミがでてきて、

「おまや、ここにおると、山姥にかまれてしもう。テコはおいがしっぽでうつから、はよにげ」

といった。末の弟は、山をはしってにげたそうだ。

山姥はテコがなるので、ゆっくりもどってみると、弟はおらずに白ネズミがいた。

しかし、白ネズミも山姥をみると、にげてしもた。

「うんにゃ、こらいかん。あいつはまだ遠くへはいかんはずじゃ」

山姥はキバをむきだしてはしった。

いっぽう、弟はいっしょうけんめいにげていくと、池があった。池のそばには木がいっぽんはえていた。

弟はその木によじのぼって、葉ッパのかげにかくれた。

山姥がやってきて、池をみると、弟の影があった。

「ウヒヒヒ。おまや、そこにおったか」

というと、池のなかにはいって、弟の影をバラですくおうとした。しかし、なかなかすくえない。

そしたら、木の上の弟はもうおかしくなって、

「ヒヒヒヒ、ヒヒヒヒ」

とわらってしまった。そしたら、山姥が上をみて、弟をみつけた。

「うな、おまや、そこにおったか」

といって、木にのぼろうとするが、うまくのぼれない。

「うんにゃ、こりゃだめじゃ。おまや、どうしてのぼったか」

「手に油をぬって、足には下駄《げた》をはいてのぼってきた」

というと、山姥は山の家にはしってもどり、手に油をぬり、足にはゲタをはいてやってきた。

そしていっしょうけんめいのぼろうとするが、うまくのぼれない。

そのとき、弟は帯をほどいて下にたらし、

「これをつかんでのぼれよ」

といった。山姥は、帯をつかんでじりじりとのぼってきた。

もうすこしというとき、弟は帯を放した。

すると、山姥はまっさかさまに池のなかにどぶんとおち

て死んでしもたちゅてなあ。

も、そしこん昔。

②よしか、くろしか

昔なあ、鉄砲をいるひとりの猟師がおったそうだ。

ある日、その猟師が、よしか、くろしかという二匹の犬をつれて狩りにいったそうだ。

ひるめしどきになって、めしをくってひるねをしていると、二匹の犬が、

「わんわん、わんわん。わんわん、わんわん」

とはげしくほえたそうだ。

「うん、わかった。もうよか」

というても、

「わんわん、わんわん。わんわん、わんわん」

と、くいつかんばかりに、ほえてほえたそうだ。猟師は、

「このばか犬どもが」

といって、鉄砲で二匹とも射ころしたそうだ。すると、猟師のうしろからおおきな蛇がさがってきて、猟師をのみこんでしもたそうだ。

そして、二匹の犬のたましいは、よしか、くろしかという鳥になって山奥にいったそうだ。それで、山奥にいくと、

「よしか、くろしか」

「よしか、くろしか」

となく声がするよ。なかなか見れない鳥だが、これはミミズクの鳥だそうだよ。

③モロとバクヨ

昔、じいさんとばあさんがおって、馬の子をそだてておったそうだ。

そしたら、雨がどんどんふる晩のこと、じいさんが、

「大雨がふいが、こんやも虎がくいかなあ」というと、ばあさんは、

「うんにゃ。虎よいかモロがおとろしか」

といったそうだ。

じつはこのとき、虎は馬の飯米《はんめ》をたべようと、ちかくにきていて、ふたりの話をきいた。

「モロちゅうはないじゃろかい。おれよりかつよかというが、大変《わっぜー》なもんじゃろな」

こうおもった虎はにげだそうとした。

このとき、くらやみにもうひとりいた。それは、牛馬の売り買いのてつだいをするバクヨ（バクユ、博労《ばくろう》）だった。

そのバクヨは馬をぬすもうとおもってきていた。

「こらいかん。モロちゅうにかまれんうちに、はよ馬にのってにげよう」

とおもって、馬にとびのった。

ところが、それは虎の背なかであった。虎は、

「うわーっ、モロがのった」

とおもって、はしりだした。そしてはしるもはしらんか、にげににげた。もう、いっぺこっぺはしると、ヘゴやぶがあったので、そこににげこんだ。そのとき、背なかのバクヨどんもヘゴやぶのなかにふりおとされてしもた。

ほしたら、サッどん（猿どん）がやってきたので、虎は、

「サッどん、サッどん。モロちゅうがおれの背なかにのって、いまそこにふいなげた。もう背なかの皮もつっぱげた。おまんのしっぽでモロをさがしてくれんね。あれをかんころさんといけん」

サッどんはヘゴやぶにはいって、しっぽでモロをさがした。

ところが、ヘゴやぶのなかのバクヨは、サッどんのしっぽをにぎって、じっとひいた。

サッどんはびっくりしてにげた。

「うわーっ、モロがおいがしっぽをかんだ」

とさけんで、はしったそうだ。

そのとき、サッどんのしっぽはぷっつりと根もとからきれてしまったと。

それで、サルのしりは赤いのだそうだ。

以上の三話は、有村ミキさんが一九八七年八月二十六日に話してくださったものです。原文の方言録音稿をよみやすいように標準語調になおしました。

この三話は、いずれも日本の昔話として全国的にかたられているもので、その輝北版です。

「よしか、くろしか」は種子島では、「ケシこい、クロクチこい」というテーマで話されています。

五、志布志市有明町《ありあけちょう》蓬原《ふつはら》、西山太吉さん（明治二十三年生）の話

①ザッツの川わたい

これはほんのトンチ話じゃなあ。ザッツ（座頭）が二人、丸太をかけたようなちいさな橋をわたっていきおったそうじゃ。

そしたら、さきにいきおった人が川におちたちゅうなあ。チャプンちゅて音がしたちゅわ。

そのとき、あとんザッツが、

「ないごとな」

というと、川んなかから、

「米ん入れ札じゃ」

とこたえたそうじゃ。米の入札《にゅうさつ》をしてチャプンと音がしたというわけじゃなあ。

そしたら、あとのザッツもおちたと。さきのザッツが、

「杖はどうしたか」

ときくと、

「小鳥の巣おろし」というたそうだ。これは、小鳥の巣だちのいみで、鳥がとんでいったということで、杖もとんだというわけ。

そしたら、さきのザッツが、

「琵琶なんだなあ」

西山太吉さん（明23年生。志布志市有明町蓬原《ふつはら》。1971年、当時81歳）

というと、あとのザッツが、

「去年の孫」

とこたえたそうだ。去年うまれた孫は二つになるので、琵琶も二つになって割れたというわけ。

とこいで、ザッツは、ふとかコンツン（米詰《つ》め）ぶくろをもっておってなあ。それに、もろた米をいれて肩にかつぐのじゃな。そいで、さきのザッツが、

「ふくろはどうした」

ときくと、あとのザッツは、

「質屋ん三カ月」

とこたえたそうじゃ。質屋は三カ月すれば質ながれになるからなあ。つまり、川にながされたということ。こしこの話じゃった。


このザッツの話は「座頭の頓智」というテーマで、表現がすこしずつちがいながら全国的に話されてきました。南日本でも各地でかたられ、奄美にもつたわっています。奄美では芝居になっています。加計呂麻島の諸鈍《しょどん》シバヤの「ダットどんの川わたり」や奄美大島油井《ゆい》豊年祭の「ガットどんの川わたり」がそれです。

②仏を焼いた狩人

ある村に狩人《かりうど》がおったそうだ。ある日、山に狩りにいったところが、兎をいっぴきはとったけれども、ほかにはなにもとれなかった。

すると、雪がふりだしてだんだんひどくなり、もうどうにもいかずにちかくにあった辻堂にとまったそうだ。

ところが寒くてたまらないので、なにかないかとさがすと、ワラでつくった厨子《ずし》（仏像をおさめる箱）があった。あけてみると、木でつくった仏さまがみえた。

「ああ、これはよかもんがあった」

こうおもった狩人は、堂の入口のゆかに仏さまをもっていって、斧《おの》でくだき、ワラといっしょにもやしてぬくもった。そして、えものの兎をやいてくった。

こうしてひと晩をすごし、あくる朝、家にもどった。

「いまじゃった。じつは、こうこうで辻堂にとまった」

というと、カカさんは、

「そうでしたか」

とうなずいた。

ところが寒さはうせていない。火をどんどんたいてあたたまるけれども、ちっともぬくもらん。

「ああ、寒か、寒か」

といって、ふとんをしいてねてみた。上に何枚かさねてもぬくもらん。

「ああ、寒か、寒か」

こういいつづけて、狩人はとうとう死んでしまったそうじゃ。

「こらもう、死んでしもうた。もう、しかたはなか。葬式をせんにゃならん」

カカさんは、ちかくの人たちのてつだいをもらって、狩人の死体をガンバコ（棺桶）にいれようとした。そのとき、死体が、

「はあ」

といったそうだ。みんなびっくりしていると、

「くらい、くらい。あ、灯《ひ》がみえた」

といった。

そのとき、ガンバコのむこうに赤い灯、青い灯がみえたのをみんなもみたそうだ。

すると、赤い灯から赤い鬼が、青い灯から青い鬼があらわれて、それぞれ金棒《かなぼう》をもっていて、それを狩人の両手ににぎらせた。

つぎの瞬間、はっとするまに、赤い鬼、青い鬼はきえてしまった。狩人の手をみると、両手ともやけただれていたそうだ。

まあ、ここずいの話じゃな。

狩人は罪がふかいから、仏さまをだいじにし、よくおがまんといかんということじゃな。

太吉さんが一九七四年八月にかたってくださったこの話は、十歳ぐらいのころ、集落にまわってきた寺の坊さんからきいたといいます。そういえば、お寺の門徒むきの仏教説話になっています。

③娘観音

あったかなかったかしらんどん、昔話じゃっで、まああったこととしてきかんなならんどなあ。

あるところに一人の娘がおったそうじゃ。非常な孝行娘で、年老いたふたおやをだいじにしていたそうだ。

その娘がメロ（女童《めわらは》、女中）になっていったと。

ところが、親おもいだから、毎晩、夕食がすんでからもどってきて、親の手つだいをし、朝、夜があけないうちにもどっていったと。

そして、年の晩がやってきた。奉公先の主人がいった。

「お前はこんやも家にもどるか。もどってもよいが、あしたはぜったいにユルイ（いろり）の火をたやしてはならんど」

そのころは、ユルイにある丸太の燃え木の先は灰にうめて、あくる朝の火だねにしていたもんだ。

ところが、メロは、

「今夜はこら、年の晩じゃからどっちもいそがしいが、まあ、ちっとでもおやんもとにもいってみよう」

こうおもって、丸太の燃え木を灰のなかにうめようとするとき、ジュデカッ（自在かぎ）にさげた鍋に手があたって、汁がこぼれ、燃え木の炭火がしゅんときえてしもうたそうだ。

「こらしもた。どうすればよかか。あしたの火がたけん」

娘はしんぱいして、木戸《きど》（門）ぐちにでてみた。すると、タイマツをとぼした人を先頭に四、五人の人がやってきたそうだ。娘が、

「その火のたねをくれませんか」

というと、

「火のたねはくるいが、ひとつたのみがある。ここにガンバコ（棺桶）があるのであずかってもらえないか」

「ガンバコなあ」

「うん。よがあけたら庭のすみでもどこでもよかからうめてくれ」

「もうしかたはなか。そこのうまごやのすみにでもおいてくいやい」

娘はこうしてタイマツの火をもろうてユルイの火だねに

した。

そしてその晩は家にもどらずに、火の番をしたそうだ。あくる朝、だんながおきてきた。そのとき、メロがいった。

「だんなさん。ゆうべは火のたねをきらしたので、こまって木戸ぐちに立っていると、タイマツをともした人たちがきたので、火をわけてもろた。しかし、こうこうで、とんでもなかあずかいもんをしもした」

「そうか。それはどこにあいか」

「はい。うまごやのすみにあります」

「なに。うまごやのすみにか。どら、どこじゃ」

だんなが、ガンバコにかぶせたむしろをはいでみると、

「あっ」とおどろいた。金、銀のおかねがたくさんはいっていたのだ。

「わあ、おまんがもろたもんは、すごかもんじゃ」

と、だんながいうと、娘は、

「いやあ、だんなさん。これはだんなさんのものです。わたしはここにメロにきたものですからいりません」

といったそうだ。すると、だんなが、

「まあ、そいじゃ、半分わけにしよう。おまえはほかになにかほしかものはなかか」

「だんなさん。そんならわたしは、観音様がほしか」

「そうか。そんなら観音様をこうてくるっで」

こういって、だんなは観音様を注文したがいっこうに送ってこなかったそうだ。

「こら、どうしたもんか。まあいってみよう」

ということで、娘をつれて観音様をつくるところへいったそうだ。

すると、木のくずがいっぱいちらかって、そばにふとい木がひとつ、観音様らしいものがよこたわっていたそうだ。しかしまだ、目か鼻かわからず、観音様にはなっていなかった。

ほしたところが、娘がちかよってきて、つくりかけの観音様のそばに腰をおろしたそうだ。

ところが、ふしぎなことに、その娘がそのまま観音様になったそうだ。

まあ、ここずいの話じゃいが、親孝行で、きだてのよい娘が生きながら観音様になったというわけじゃなあ。

太吉さんの話は一九七四年八月二十七日にきいたものです。太吉さんは「娘観音」の話はときどきやってきたコビッ(木挽《こびき》)どんからきいたということです。そのコビッどんは、板をわいたり、木の臼をこしらえたりしていましたが、夜はたのまれたその家にとまって、焼酎をのんでダイヤメ

娘観音

（疲れいやし）をしながら昔話などを話したそうです。太吉さんが小学生のころです。

「娘観音」の話は、二つの話からなっています。「大みそかの火」と「娘観音」の二つです。

「大みそかの火」は、柳田国男は「財宝発見」の話の一つとされ、関敬吾は「大歳《おおどし》の客」とし、稲田浩二は「来訪神」の一つとして「大みそかの火」といっています。

もう一つの話は、心のよい娘が観音様の像をほしくて、つくりかけの像のそばにいくと、とつぜん、娘が観音様になったという大きな変身です。この娘が観音様になった話は、関敬吾の『日本昔話集成』（一九五三）によりますと、兵庫県や岡山県などでも話されています。

太吉さんの「娘観音」の話は、右のふたつの話がひとつになったものであり、それらの南九州版というわけです。しかも、かたりくちに太吉さんらしい特長があって、あじわいぶかい良《よ》い話になっています。

④ザッツどんの宿

あるところに、年寄りの夫婦がおって、夕方、その婆《ばば》どんが水くみに行くちゅてなあ。

ところが、そこにザッツ（座頭《ざとう》。盲目の琵琶《びわ》ひき）どんがとおりかかったそうじゃ。

「どこにいくとですか」というと、

「どこどこの村までいかねばならん」

「ほらもう、そこは遠いから、とても今日のうちにはたどりつけん」

婆どんはこういうてから、

「今夜、あたいが家《え》にとまいやんせ。そして明日いっきゃんせ」

というたち。そしたら、ザッツどんがよろこんでなあ。

「どうか、そうさせてくだされ」

「なにもないけれども、ただとまるだけならよかが」

こういって、婆どんの家につれていったち。その日はたいへんさむい晩で、囲炉裏《ゆるい》に火をたいてぬくもらせたち。

「飯は、ソマゲしかなかから、これでもくってください」と。

ソマゲちゅうは、カライモの皮をはいで身をにたのと、ソマン粉（ソバの粉）をまぜてねった餅じゃなあ。そまつな団子餅じゃが、うまくて昔はよくたべていたよ。

ザッツどんはソマゲをくってから、ねるわけじゃが、貧乏な家でざしきには寝場所もなく、土間にねせたそうじゃなあ。かぶせる布団もなくて、むしろを上にのせて杵《きね》をなめにかけてねせたち。

よなかになったら、ザッツどんが、

「ツッドコイ（檮木所《ちゅうぎどころ》、便所）にいきたか。ツッドコイはどこかな」

ということや。さむか晩に、婆《ばば》どんはおきて、便所につれていかったち。昔の便所は、地面にまるい桶をうめて、上に板を二枚渡したかんたんなものじゃったからなあ。

ところが、ザッツどんはその板をふみはずして、ため桶におちたそうだ。婆どんはおおごえで爺さんをよんで、二人してザッツどんをひきあげてなあ。

そして湯をわかしてあらってやり、それからまた土間にねせたそうじゃ。

あくる朝、もう夜があけてもザッツどんはおきてこんから、

「もう、おきいやはんか」

と声をかけたが返事がない。そこでむしろをとって見ると、ザッツどんはケ死んでつめたくなっておったそうだ。

「んにゃ、こらいかんじゃった。可哀想《ぐらし》かことをした」と、まるで、わが子が死んだようになげいたそうじゃ。

そして、屋敷のかたすみにていねいに葬ってやったと。そうしたら、まもなく、いっぽんの木がはえてきた。見たこともない木がはえてきて、花がさいておおきな実がなったち。

「んにゃ、こらふしぎな木じゃ。ふとか実ができた。ひとつくてみろ」ち。

そして、ちぎってわってみたところが、なかにはぴかぴかひかるお金があったそうじゃ。

ほしたところが、このことをきいた近所の欲のふかい婆《ばば》どんが、

「ほんなら、おいもそんなにしてみよう」

といって、ある日、ソマゲをたくさんこしらえて、水くみにいってザッツどんのとおるのをまった、と。

すると、ザッツどんがとおりかかった。

「ザッツどん、あんたはどこへいくか」

「あたや、そのさきの村にちょっと用事があっていくところじゃ」

「ほなあ、もう日も暮れるから、明日いきなさい。今夜、うちにとまいやい」

と、むりやり家につれて行ったち。そして、ソマゲをいくつもたべさせて、土間にねせ、むしろをかぶせて杵《きね》をななめにかけておいたと。

ところが、よなかになっても便所にいこうとはいわん。そこで婆どんが、

「ザッツどん、あんたはツッドコイにはいかんとか」ときくと、

「いや、いこごちゃなか」と。

ザッツどんの宿

「んにゃ、ぜひ、ツッドコイにいっきゃい」

といって、爺さんと二人して、むりやりかかえてつれていき、ため桶につっこんでやったげな。

そしてひきあげて、洗うてやり、また土間にねせてむしろをかぶせ、杵《きね》をかけておいた、と。

あくる朝、「もう、ケ死んだろかい」とおもいながら、

「ザッツどん、もう夜があけたが」

というと、むしろがゆれてザッツの頭《びんた》が動いたと。

「んにゃ、こら、ケ死んじゃおらん」

といって、杵《きね》で頭《びんた》を何度もたたいてころしたと。

「こらもう、ケ死んだ。可哀想《ぐらし》かことじゃった」

こういうて、欲深婆どんと爺さんは、死体を屋敷のすみにうめたち。

しかし、木ははえてこなかったち。もう、どしこ日が経《た》ってもはえてこなかったげな。

「ほいなら、根をほってみろ」

というて、二人で一生けんめいほってみると、くされたものがあって、その底にはトカゲや蛇がうようよしていたそうじゃ。

それでなあ。人間は正直でなければならん、正直でないと、わるかむくいがくるというてねぇ。

まあ、ここずいの話。

西山太吉さんが一九七四年八月に話してくださった昔話の一つ。この話を、太吉さんは小学生のころ、学校の先生が、「今日は雨がふって運動もできんから昔話をかたってきかせよう」といって、話してくださったのだとのこと。

⑤鹿との約束

あったかなかったかしらんけれども、昔のことなら、なかったこともあったこととしてきいてもらわんといかん。

昔、狩人が山に狩りにいったち。そしたら、梅雨時《つゆどき》で大雨になり、川の水がふえて、狩人は川にはまってながされて行き、もう命はなかというとき、六、七匹の鹿がおって、そんなかの大将鹿がおよいできて、狩人をたすけてやったと。

「おまえは命の恩人じゃ。おまえの一生のめんどうをみるから、おれの家の納戸《なんど》にでもおってくれ」

と狩人がいうと、大鹿は、

「それにはおよばん。この山におれたちがおることをだれにもいわんでくれ。そいだけでよか。これはかたい約束だ」

といったそうだ。

それから月日がたって、殿様からおふれがまわってきて、

「六、七匹の鹿がどっこかにおるらしいが、その山はどこ

かしらんか。しらせてくるれば、アバテンナカ（大変な）ほうびをとらせる」

というこことであった。

これをきいた狩人は、欲がさして、目の色がちがってきた。すると、狩人の内方《うっかた》（妻）が、

「おまえの目の色がちごうてきた。鹿のことをいわしないか」と。

「うん、もう、あれは昔のことじゃ。いうてもかまわんじゃろ」

といって、殿様に申しでたそうじゃ。

さあ、あくる日から、殿様の鹿狩りがはじまって、その山をしらみつぶしにさがしまわって、とうとう、六、七匹の鹿の群をつかまえたそうじゃ。

そのなかの大鹿をひきだして殿様のまえにつれて行ったところが、殿様は、

「ほう、これはりっぱな角の大鹿じゃ。ようつかまえたな」

といわれたそうじゃ。すると、その鹿が、

「おれの命は殿様にあげるが、おれが山におることを誰がつげたのか」

といったち。そして大鹿は、殿様のそばにいた狩人をみたそうだ。

「あれがいうてきかせたぞ」

「じつは、梅雨時《つゆどき》に大水にながされて命があぶなかったときに、おれがたすけてやった。その恩がえしにあの狩人は、おれの家の納戸《なんど》にでもおいて一生ながらえてやるといったが、ことわった。そのかわり、おれたちがこの山におることは絶対にいわんでくれ、とかたい約束をした。それをやぶったならもう仕方はなか。どうにでもしてくれ」

というたげな。

ほしたら、殿様はしばらくかんがえていたが、

「その鹿は殺さんでよか。あそこの狩人を殺せ」

といわれたそうじゃ。

これはまあ、ここまでの話。


この話を、西山太吉さんは、明治のおわりごろ、志布志のうまれの森米三という人から、きいたといいます。太吉さんが十歳のころでした。米三さんは、始良《あいら》の重富《しげとみ》にすんでいて、ときどき、蓬原《ふつはら》にやってきたそうです。

以上、大隅半島では、一九七〇年代から八〇年代ごろまではたくさんのかたり手がいて、たくさんの昔話を話していました。本稿にのせたのは、筆者が記録（録音）したもののなかからえらんだものです。まだまだ、ほかにもあります。

六、志布志市志布志町西町、林猪藤次《いとうじ》さん（大正三年生）の話

林猪藤次さん（大3年生。志布志市志布志町西町。1976年、当時62歳）

①山寺の怪

ある山寺に和尚さんと小僧がおったそうだ。ある日、和尚さんが、

「小僧、おれは今から町に法事にいってくる。こんやはおそくなりそうで、もどれんから、おまえは留守番をしっかりたのむぞ」

といわれたそうだ。

夜になって、しばらくしたら、何者かが「わあわあ、わあわあ」と、さわぐ声がしてきたと。はじめはちいさな声だったが、だんだんおおきな声になってきた。

かねてきかない声だったので、小僧はおそろしくなって、納戸《なんど》にかくれて、ちいさなふし穴からみていた。

すると、行燈《あんどん》の火にぼんやりと照らしだされたものがあらわれて、

「横座のフーエじゃ、フーフー。横座のフーエじゃ、フーフー」

といったそうだ。よくみると、それは古い火おこし（火ふき竹）じゃったげな。

小僧が魂消《たまが》っていると、こんどはまた、別のものがやってきて、

「きんつくりんのコケッコー、きんつりんのコケッコー」

となくそうじゃ。小僧が納戸《なんど》のふし穴からよくよくみると、それはおおきなホロ（羽毛《はねげ》）をいっぱいつけたふるかニワトイ（鶏）だった。それが横座にどっかとすわったと。

しばらくしたら、こんどは、ざわざわしてきて、

「千年のコーイじゃ、ピシャッ、ピシャッ。千年のコーイじゃ、ピシャッ、ピシャッ」

と、そうどうするものがあらわれたと。それは、池のふ

とか鯉だった。かねて和尚さんは池に鯉を何匹も飼《こ》うて、ときどきつかまえてくっていた。そのなかの親分の鯉がでてきたのじゃな。

しばらくしたら、火おこしが、また、

「横座のフーエじゃ、横座のフーエじゃ」

というと、ふるかニワトイが、

「きんつくりんのコケッコー、きんつくりんのコケッコー」

となき、池のふとか鯉が、

「千年のコーイじゃ、ピシャッ、ピシャッ。千年のコーイじゃ、ピシャッ、ピシャッ」

と叫《おろ》うで、みんなよってきて話しおうところじゃそうじゃ。

「こんどは、和尚をとってくわんにゃいけん。どうしてとってくおうか」

と、相談をはじめたそうじゃ。

そうこうするうちに、東の空があかるくなってきた。すると、ふるかニワトイが、

「コケッコー、コケッコー、こら、ちょっしもた。夜《よ》があけっしもた。明日《あした》の晩、また話しあおう。コケッコー、コケッコー」

となくと、火おこしが、

「それがよかろう、フーフー、フーフー」

といい、池の鯉は、

「うん、それがよかろう、ピシャッ、ピシャッ」

とはねて、それぞれもどっていったそうだ。

あくる朝、和尚さんがかえってきたと。すると、小僧さんが、

「和尚さん、和尚さん。ようべは、こげんこげん、おとろしかことがあった」

というと、和尚さんは、

「そうじゃったか。それはたいへんなことじゃった。火おこしも、ふるかニワトイも、池の千年鯉《ごい》も、みんなそんなおもいがあっとじゃね」

といわれたそうだ。

そして、本堂のほうにいってお経をあげたそうじゃ。それは三部経というお経であった。

和尚さんは経文《きょうもん》をかいたお札をつくり、台所の火おこしにまきつけ、庭のふるかニワトイの首にもまいたと。すると、ふるかニワトイはたちまちひっくりかえったそうじゃ。

それから、池のそばに行って、お札を池にながし、塩もまかれたそうじゃ。

こうして、山寺にでた怪物はみんな退治してしまったという話じゃ。

山寺の怪

この話は、一九七六年の夏、元志布志郵便局長で、昔話がすきであった林猪藤次さんから、ご自宅できいた話です。昔話林さんが、七、八歳のころ、祖母からきいたということです。仏教説話になっていますが、山寺の怪、古物《ふるもの》の出現は、日本昔話にすこしずつ筋をかえて記録されています。つまり、その南九州版です。志布志のこの話は、地元の寺の僧が説教の一つとして語ったものではないでしょうか。

②ニッポンどん

昔、志布志に、ニッポン（日本）どんという人がおられたそうだ。その墓は小西墓地のなかにあるそうだ。

ニッポンどんは普通の漁師《りょうし》であったが、天気見が上手でよくあたったそうじゃ。島津の殿様がやってくると、ニッポンどんをつれてあるかれたそうだ。

夏井の平瀬というところは鴨猟の場所で、殿様がそこにいかれるときはかならずニッポンどんをよんで、いろいろきいてからいかれたそうだ。

ニッポンどんは、山にかかる雲や風のぐあい、肌着のしめりぐあいなどで天気を見分ける名人であった。それで鴨猟によい日や鴨のとおり道などをきかれたという。

それで、殿様が、

「おまえは天気見が日本一うまいから、これから日本《にっぽん》と名乗れ」

といわれて、姓をくださり、それからニッポンどんというようになったのだそうだ。

ところが、ある年、島津の殿様が薩摩の国中の分限者《ぶげんしゃ》を磯御殿《いそごてん》にあつめて、なにか催《もよお》しをされることになった、と。

それはなんといっても天気がだいじであるから、天気見が必要であった。そのとき、家来《けらい》が、

「天気見なら志布志のニッポンどんがよくはなかろうか」

といい、皆が、

「そうだ、ニッポンどんがよか。ニッポンどんなら、よか天気見をするじゃろう」

ということになり、殿様にもうしあげて、そのようにきまった。

こうして、ニッポンどんは磯御殿に召されることになった。しかし、いつもの褌《ふんどし》一丁に古着の綴《つづ》りあわせのドンザ（仕事着）をきている漁師《りょうし》姿ではみぐるしいということになり、きれいなすがたにすることになった。

そして、褌《ふんどし》は絹の六尺褌をしめさせ、着物も絹の着物をきせ絹の羽織《はおり》をきせたそうじゃ。

「こらァ、よか天気見じゃ。さすがニッポンどんじゃ」

と、皆は口々にほめた。そして、殿様が、

「では、ニッポンどん、明日《あした》の分限者どんの会は、天気はどうか。晴れか、雨か」

と問うた、と。ところが、ニッポンどんは、はたとこまってしまい、

「はい。私は有明《ありあけ》湾の国見岳とちかくの辺田《へた》ん山をみて、天気を読んでおりもした。国見岳も辺田ん山もここではみえないので、こまりもした」

こういうと、殿様は、「国見岳ならそこにみえる桜島でよかろう。辺田ん山はその辺にいくらでもあるじゃないか」

といわれた。すると、ニッポンどんは、

「はい、お殿様。もう一つこまったことがあります。それは褌《ふんどし》とドンザです。志布志では、古い木綿《もめん》の六尺ふんどしで金《きん》をつつみ、その湿《しめ》りぐあいと金《きん》のふくれぐあいで、明日《あした》は晴れかくもりか雨か、また、ふるい木綿《もめん》の綴《つづ》り衣装《いしょ》のドンザの着ぐあいで、大体の天気見ができもした。しかし、絹《きん》の褌《ふんどし》と絹《きん》のベンジョ（紅衣装《べにいしょう》、晴れ着）では湿り気《け》がまったくなく、天気見はできません。お殿様、どうかおゆるしください」

といって、わびたそうじゃ。

「ふーん、そうか」

と、殿様もふかくうなずかれたそうだ。べつにお咎《とがめ》はなかったが、これはニッポンどんの失敗の話じゃった。


この話も、一九七六年に林さんがかたられた話です。ニッポンどんの子孫は、その後、志布志から内之浦へうつり、内之浦にはいまも子孫がいて「日本」の姓を名乗っておられます。電話帳にものっていますよ。この姓は、ほんとにめずらしく、ほこりたかい姓ですね。

③舟《ふな》幽霊

七、八月のむしあつい、ハエンカゼ（南の風）のふく晩には、モリ（亡霊）とあうといわれるね。
モリとは、舟幽霊のことよ。年とった漁師《りょうし》がよく話しておった。

「モイ（モリ）がでるときはなあ、かならず、櫓《ろ》をこぐ囃子《はやし》だけがきこえてくるもんじゃ。どっからどういうふうに舟がやってくるかわからんが、囃子がきこえたかと思うと、突然、おおきな声がするものじゃ。もういりみだれて、十人も二十人もの声がしたかとおもうと、必ずそのなかから『おーい、アカダシ（垢だし、浸水《しんすい》の水だし）のアカトイ（垢とり）を貸せぇ』という」と、ね。

そのときは、垢とりのひしゃくの底を打っぽげて貸すもんじゃというよ。もし、水をいれた垢とりを貸すと、モイはそれで水を浴びせて舟がしずむことがあるそうじゃ。

しかし、底をうっぽげた垢とりを貸してにげても、モイはやはりおっかけてくると。そんときは、モイは何丁櫓《ろ》かの櫓の音をさせてくるもんらしい。そんなときは、その櫓の音にあわせて舟をこぐもんじゃなか、と。もし、モイの櫓にあわせて舟をこぐと、浅瀬にのりあげるので、できるだけしらん顔をして、上をむいて、櫓はゆっくり、ゆっくりこいで行けというよ。そうすると、モイの櫓をのがれることができるそうじゃ。

上をむいてとは、星をみてこげということよ。モイの櫓の音にあわせて舟をこぐと、浅瀬の波打ちぎわに乗りあげるそうじゃな。

この話を、猪藤次さんは祖父の伊太郎爺《じい》からきいたといいます。伊太郎爺は漁師《りょうし》で、大船《おおぶね》の船頭でした。その船は、網船や綱船、引き船などひきつれて先頭をいく船でした。伊太郎爺の漁獲《ぎょかく》のわけ前は、ほかの者の三人前もらったそうです。

第三章　甑島《こしきじま》の昔話から

一、薩摩川内市上甑町《かみこしきちょう》瀬上《せがみ》、浜田諭吉さん（明治三十九年生）の話

①三平《さんぺい》の夢

その一、三平、国《くに》ざかいにすてられる

外国のある国に、王さまと三人の王子がいたそうだ。ある日のこと、王さまが王子たちに、

「おまえたちはこの二、三日、夢をみたか。どんな夢をみたか、いうてみよ」

といわれたそうだ。いちばん兄《あん》さんの王子は、

「国をたてる夢をみました」と。

「ほう、それはえらい夢をみたな。じゃあ、次男《じなん》王子は」

ときくと、その王子は、

「わたしは兄《あん》さんの国たてをたすける夢をみました」

というたと。

「うーん。お前もえらい。ところで、三平《さんぺい》は」

ときかれたそうだ。三ばんめの王子の三平は、だまってなにもいわなかった。

「三平、だまっておらんで、夢をみたかみなかったか、なにかいえよ」

といっても、だまったままだった。それで王さまはおこってしまって、

「おい、こいつを国《くに》ざかいの山にすててこい」

といわれたそうだ。

そのとき、三平はきていた服のそでをぱっとひきちぎって、タンスの底にしまい、そでなしの服をきたそうだ。そして、ふたりの兄の王子と家来《けらい》たちにつれられて、国ざかいの山の峠《とうげ》にすてられたそうだ。そのとき、兄の王子たちが、

「おい、三平。おれたちをうらむなよ」

というと、三平は、

「なに、兄《あん》さんたちをうらむもんか。兄《あん》さんたちにはなんの罪《つみ》もなか。おれがなにもいわんとがわるかったっじゃ」

といったそうだ。

「それでは、さびしかろが、ここでおわかれじゃ。さようなら」

「さようなら」

こうして、三平は、国ざかいの山の峠の大木のそばに、ひとりおかれたそうだ。しかし、だんだんさびしくなってきた。そこで峠からみわたすけれども、人家《じんか》のある気配《けはい》はない。しだいに、日もくれてきた。三平は、大木にのぼって四方をみると、むこうのほうにともし火のようなほのか

なあかりがみえた。

「ああ、あそこは人がいるかもしれん。しかし、ここからは遠い。晩のことだから、もうどうすることもでけん。こんやは、大木のそばにねよう」

といって、その晩は大木の下にとまったそうだ。

その二、山男の家
夜《よ》があけるのをまちかねて三平は、ともし火のあった方向をめざしていったそうだ。

「うん、どっかこのあたりじゃったがなあ」

とおもいながらみまわすと、おおきな建物がみえてきたそうだ。

玄関らしいところにたって、

「ごめんくださあい」

といってみたが返事はない。まわりの庭をみるとおどろいた。まるで兵隊さんがくうようなひらたい金《かな》もんの食器がいっぱいちらかっていたのだ。

「うわーっ。ここは家こそりっぱなもんじゃが人間のすまいじゃなか。けだもんがおっとじゃなかろうか。しかし、まあ、ちょっとまってみるか」

といって、家のまわりをみたりしておったところが、むこうの野原に人間みたいなものがちらっとみえたそうだ。

しばらくすると、人間だとわかった。わきにはたくさんの羊をつれていた。羊は三百ぴきもいた。

三平は庭のすみにかくれてみていると、その人間は鬼のようなすがたのおおきな山男であった。三平はおそろしくなって、ふるえながらみていたそうだ。

すると、その山男は羊のむれにくいもんをやりはじめた。庭のたくさんのひらたいさらにごそっ、ごそーっと、入れてやった。どうもよくみずに、いいかげんにやっているふうであった。

羊にくわせてから山男はひとりごとをいうたそうだ。

「ああ、あ。目はみえず、こまったもんじゃ。おれのめんどうをみてくれる人がおれば、宝もんは全部あげるのになあ」と。

それをきいていた三平は、

「そうだったのか。目がみえんのか」

とおもって、「おじさん」

と声をかけた。すると、山男はびっくりして、

「こら、だれか。あんたはなにもんじゃ」

といったそうだ。三平は、

「自分はどこそこの国の王子で、こうこうして夢をいわんで国ざかいにすてられ、ともし火のあかりがみえたので、夜があけてからやってきた。おじさんをみたが恐《おと》ろしかったのでかくれていた。さっきのひとりごとをきいたので、

山男の家

声をかけてみたのだ」

といった。すると、山男は、

「ああ、そうか。あんたは王さまの王子だったのか。国ざかいにうっせられた王子ならなおさらさいわいだ。おれのめんどうをみてくれるか。そうしたら、この家はおまえにあげよう。この家には四十の部屋《へや》があるが、部屋ごとに錠《じょう》がついている。その鍵《かぎ》もみんなやろう」

こういうて、ひとたばにしたたくさんの鍵《かぎ》をガチャガチャいわせて三平にわたした。

あくる日、三平は、山男が手をひいてあるけというかとおもっていると、山男はそういわないで、三百ぴきの羊をつれてどこかにでかけていった。三平は、

「よし。おれがもらったこの家だ。なかをみてまわってもよいじゃろう」

こういいながら、一部屋《ひとへや》ずつみたそうだ。部屋にはそれぞれたながついていて、あけてみると、上着《うわぎ》やズボンなど、いろんなものがはいっていた。

べつの部屋のたなには一本の横笛があった。

「ああ、これはりっぱなものだ。おれのすきな横笛じゃ」

そして脇にさしたと。部屋をつぎつぎにみてまわるが、四十もあるのだからなかなかだ。

「この家はよか家じゃなあ。どこもわるいところはなか」

ところが、ひとつの部屋だけ、どの鍵をさしこんでもあわなかった。

「これはふしぎ」

とおもって鍵をかぞえてみると、三十九個あった。三平は、

「うん。このあかずの部屋には宝物が沢山《どっさい》はいっているか、なにかわるかもんがはいっているかじゃなあ」

こういうと、すこし腹がたってきた。

夕方になって、三百ぴきの羊をつれた山男がもどってきたそうだ。

「王子、ただいまじゃった」

三平はだまっていた。

「おまえ、なにか腹をたてておるのか。なにもいわないが」

「おじさん、あんたはおれに、この家はおまえにくれる。四十ある部屋の鍵もみんなやるといったが、ひとつだけ部屋があけられん。鍵をかぞえてみると三十九個で一つたらんのだ。どうして全部くれないのか」

「ああそうか、もう一つの部屋にはなにもないからね。あけてもむだだ」

こういって、山男はもうひとつの鍵をわたした。

その三、女盗賊《おんなとうぞく》

あくる日、空ははれわたっていた。三平はきゅうに散歩をしたくなった。

「おじさん。今日の羊かいはおれがするから、三百の羊をかしてくれ」

「そうか。今日一日だけだぞ。じゃが、王子よ、むこうの山の峠にはいってはならん。あそこには女盗賊がおって、おれはつかまってこのような盲目にされたのじゃ。だからむこうの峠にいってはならんぞ」

「はい、はい」

三平はこころよく返事したが、人間、いくなというといってみたくなるし、みるなというとみたくなるもんじゃ。

三平は、三百ぴきの羊をつれて山のほうにいった。峠のちかくにきた。女盗賊はどこにすんでいるのだろうかとおもいながらあるいた。

そのとき、木のうえから声がした。

「おいこら、坊ちゃん、坊ちゃん」

女の声だ。

「あいつは女盗賊にちがいなか」、三平はすこしおどろいたが、三百ぴきの羊をとられてはいかんとおもい、女盗賊の気持ちをなだめるために横笛をふいた。

ぴゅうぴゅうぴゅうぴゅう、ぴいろぴいろぴいろ

女盗賊は、笛の音《ね》にうっとりしていたが、やがて体がしびれてしまい、木のうえにじっとうごかなくなった。

「よし、いまじゃ」

三平はこうおもって、木によじのぼり、女盗賊のながい髪の毛をつかんでこっちの木の枝とあっちの木の枝にしっかりとくくりつけてしまい、両手もしばった。

「ああ、いたい。坊ちゃん、髪の毛だけははなしてくれ」

「いや、ぜったいはなさん。おまえは、むこうの野の家にすんでいる山男の目をみえんようにしたそうだが、その目を見えるようになおしてくれたら、髪をほどいてやろう」

「そうか。わかりました。では、髪をほどいてください。くすりをもってきますから」

「いや、あんたをくすりとりにやったら二度ともどってこんじゃろう。あんたの家をおしえればおれがとりにいく」

「そいじゃねぇ、あの先をこうこういくとあたしの家があるから、家のなかにあがって押し入れをあけてみなさい。そこにはリンゴが三つあるから、それをもってきなさい。しかし、坊ちゃん、だまっていくと、家には番人の大男がいて、それにつかまってくわれますよ。だから、声をかけてはいりなさい」

「なんと声をかければよいのじゃ」

「そのときは、『くう』といいなさい」

「うん、わかった」

さっそく三平は女盗賊の家をめざしてでかけた。しかし、あるきながらかんがえたそうだ。

「くうといえば、おれを喰《く》えーということかもしれん。これはたいへんじゃ」

こうかんがえながらあるいていると、一軒の家があった。すきまから、家のなかをのぞいてみると、相撲とりのような大男が、おおきないろりに火をどんどんたいてぬくもっていたそうだ。

「おやっ、これは角がはえておらんばかりの鬼じゃないか。人間をくう鬼にちがいなか」

こうおもった三平は、いきなり戸をあけて、

「喰《く》わーん」とさけんだ。

すると、大男はびっくりしておおきないろりにころがってしまって、体じゅうに火がついた。

「うおーっ、うおーっ」

大男の悲鳴《ひめい》がとどろいた。三平は、そのすきに、家にあがりこんで押し入れをみると、三つのリンゴがあった。それをふところにしていそいで峠の山にもどった。

「坊ちゃん、リンゴはあったか」

「うん。リンゴはあった。三つもってきた。これをくえば目はなおるのだね」

「はいはい。坊ちゃん、山男の目はなおる。じゃから、わたしの髪の毛をほどいてくれ」

「いや、このリンゴをくわしてみて目がなおったらほどきにこよう」

三平はこういって、三百の羊はそはなして、自分ひとり、いそいで山男の家にいったそうだ。

その四、山男、リンゴをくう
「おじさん、いまじゃった」

「王子、あんたはおれがいくなといった山の峠にいったじゃろう」

「おじさんは、目がみえんのに、それがどうしてわかったか」

「それはね、羊をつれないで、あんたが一人でかえってきたからじゃ。羊は女盗賊にとられたのか」

「いや、おじさん、こうこういうわけで、羊は山において、おじさんの目をいっときもはやくよくしようとおもって、三つのリンゴをもってきた。さあ、これをたべてみなさい」

「そうか。では、リンゴをくってみるか」

こういって、山男はリンゴを一つたべたが目はあかない。二つたべてもあかない。

「王子、目はあかんが。女盗賊にだまされたな」

女盗賊

「おじさん、リンゴは三つあるから、もう一つたべてみらんか」

そこで、山男は三つ目のリンゴをたべた。

するとしばらくしてから山男がすっとんきょうな声で、

「王子、目がみえてきた。みえてきた。ああ十八年ぶりじゃ」とさけんだそうだ。

「おじさん、よかったね」

と三平がいうと、山男は外にでていって裏の山から一ぴきの馬をひいてきて、

「おれは、十八年前は二ひきの馬をもっていたが、一ぴきは死なせた。これは裏山に飼《こ》うていた馬じゃ」

といって馬にのったそうだ。そして、

「王子、おれは世のなかをみてくる。十八年ぶりに世の中がどうなっているか、あちこちみてくるのじゃ」

といって、でていったそうだ。

その五、四十番目の部屋
一人になった三平は、四十番目の部屋をまだみていないことをおもいだした。昨日、山男からうけとった鍵をもって、その部屋をあけてみた。

ところが部屋のなかはからっぽだったそうだ。しかし、よくみるとおくの柱のそばにやせおとろえて死んだような馬がよこたわっていた。生きているか死んでいるかわからない。目もパチッともうごかさずにじっとしている。

「こらあ、死んだ馬じゃ」

とおもってちかよってみると、クツワをはめられ、金《かね》の鎖《くさり》で柱につながれていた。さわってみると、まだ生きていた。

「おー、かわいそうに。おまえは生きていたか。ようし、おれがたすけてやるからな」

こういって三平があたりをみると、柱に軍刀がつられていた。その軍刀はじつは、鞘《さや》にさわれば二千人きらねばならない、刀をひきぬけば四万人きらねばおさまらんという怪力《かいりき》の軍刀であった。その軍刀をもった三平は、刀をひきぬいて、

「えい」と、馬の金《かね》の鎖《くさり》をきった。馬の体がびくっとしてよろこんだようだった。そして、馬が目をすこしあけてなにか合図をした。三平があたりをみまわすと、むこうの棚のすみになにかみえた。手にとってみると、それは打ち出の小槌《こづち》だった。

「これはよかもんがあった。ようし、これで馬をたすけよう」

といって、

「馬にくわせ、のませる馬草《まぐさ》と水をだせ」

とさけんだところが、目のまえに幾束《いくたば》かの馬草と桶《おけ》には

いった水がでてきた。

「さあ、ひもじかったろう。馬よ、これをくうてのめ」

といって、やったそうだ。馬ははじめはちびちびくっていたが、だんだんたくさんくいはじめた。すると、たちまち元気になったそうだ。

三平はさらに、

「水と石けんとたわし、でてこーい」

といって、打ち出の小槌をふると、それらもでてきた。

三平は、馬草をくっている馬の背中に水をぶっかけ、石けんをぬって、たわしでこすってやった。

すると、金《きん》でこしらえたようなりっぱな馬になったそうだ。

「うわー、これはよか馬じゃ」

とよろこんでいると、その馬が人間のようにものをいうたそうだ。

「王子さま、王子さま。わたしはここにつながれてから何年にもなる。そのあいだ、のまずくわずにきたので、もう息もたえだえだった。しかし、今、生きかえった。ありがとう。このご恩がえしはかならずするから」

「いや、恩がえしなどいらないよ」

三平がこういうと、馬は、

「いや、王子さま。じつはあんたの国では、いまたいへんなことがおこっている」

と馬がいいはじめたそうだ。

その六、山男、三平を追う

「王子さま、あんたの国は四方から敵《てき》にせめられて、王さまと二人の王子さまは今たいへんじゃ。敵のかずは四万人、どんどんせめている。はやくいってたすけよう、王子さま。さあ、おれの背中にのりなさい。しかし、一つたのみがある。どこかの部屋にいって、櫛《くし》と石けんと塩ひとつかみ、用意してもらいたい」

「ああ、よかよか」

というたものの、三平はそれらがどの部屋にあるかわからない。

「こらあ、たいへんなことじゃ」

とおもったとき、打ち出の小槌を持っていることをおもいだし、

「櫛《くし》と石けんと塩ひとつかみ、でてこーい」

といって、小槌をひとふりしたところが、それらが目のまえにパッとあらわれた。

「さあ、でてきたよ。準備《じゅんび》したよ」

というと、馬が、

「では、はやくのりなさい。王子さま、とびますよ。たてがみをしっかりつかまえておりなさい」

こういって、三平をのせた馬は、ものすごい音とともにとびだし、飛行機のように空をとんでいったそうだ。

ところが、馬にのってあちこち歩いていた山男が、その音をきいて空をみあげた。すると、王子をのせた馬が空をとんでいくではないか。

「うわーっ、これはやられた。よしまけてなるか」

というと、山男は、

「さあ、おれの馬よ。お前は天下の名馬じゃ。あの馬に追っつき、追いぬいて、そして馬をとりかえそう」

とどなった。そうしたところが、山男の馬も空に飛びあがってはしった。じつは山男の馬は王子の馬よりはやか馬であったそうだ。

王子ののった馬がいうた。

「王子さま、山男においつかれそうです。それで、石けんをなげなさい」

「よし」

三平はさっそく、石けんをなげた。すると山男の馬の目のまえに氷の山のような石けん山ができて、山男の馬はすってんころりんすべってころんでしまった。

「さあ、王子さま、今のうちじゃ」

はしった、はしった。だが、山男の馬は石けん山をこえてまたせまってきた。

「王子さま、こんどは櫛《くし》をなげなさい」

「よし」

三平が櫛をなげると、あとには一寸のすきまもない大きな林ができた。山男の馬は立ちどまったが、やがてその林をとおまわりして相当《そうとう》おくれてやってきた。しかし、足ははやいので、いつのまにかまたせまってきた。

「ああ、これはいかん。王子さま、こんどは塩をなげなさい」

「よし」

三平は、塩をつかんで山男の馬めがけてパアッとなげると、なんと玄界灘《なだ》でみるような大波がドバァー、ドバァーとかえす大海原ができたそうじゃ。

「ああ、王子さま、もう大丈夫」

というので、王子は馬をおりて、

「ここらでちょっとひといき入れよう」とゆっくりしようとしたら、

「いや、王子さま。ゆっくりはできん。さあ、またでかけよう」

「うん、そうしよう」

ということで、馬はまた空をとんで王さまの国をめざした。

その七、三平、国王をたすける
三平をのせた馬は王さまの国の上までやってきた。下をみると、王さまの城を四万人の兵隊が四重《よえ》になってかこんでいた。城のてっぺんには王さまと二人の王子がたっていたそうだ。

三平は腰にさしていた軍刀をひきぬいた。そして馬にのったまま、城をとりかこんだ兵隊たちにきりこんだ。鞘《さや》にさわれば二千人きらねばおさまらない、刀を抜けば四万人きらねばならないという軍刀をもって、

「えい、えーい、はっし、はっし」

と、あばれまわった。すると、四万人の敵の兵隊はたちまち総《そう》くずれになって、たおれたり、にげたりしたそうだ。

三平は馬をおりて城にかけのぼり、王さまのまえにいった。王子二人もいた。

「ちこう寄れ。ちこう寄れ。あんたはだれか」

と王さまがいった。

すると三平は、

「王さま、わたしの顔をもうわすれられたか。わたしはあなたからすてられた王子で、三平じゃ」

というと、

「うーんにゃ、ちがう。三平じゃなか。三平などよりずっとたくましい男じゃ」

といったそうだ。

「それでは、証拠《しょうこ》をみせよう」

といって、三平は上着《うわぎ》をぱっとぬいで袖《そで》のちぎれた下着をみせ、城のタンスのひきだしからそのちぎった袖も出してみせたそうだ。

「この通りだ」

王さまも二人の兄《あん》さん王子たちもやっとおもいだし、

「ああ、あの夢をいわなかった三平か」

と、わかってくれた。三平は、

「おれの夢は、山男にすくわれて、女盗賊にあったり、いろんなことをして、そして敵の大軍をけちらして城にもどり、王さまをたすけて王子となるというふとか夢じゃった。それをいうてしまえば、一つも実現できないのでいえなかったのだ。しかし、夢をいわないで、あんたたちから国《くに》ざかいにすてられたから、ほんとにそのとおり、夢にみたとおりのことが次々におこって、今こうしてここにたっている。夢はまさ夢で、全部あたったのだ」

といったそうだ。

王さまと王子二人ははじめてその話をきいて、

「そうだったのか。おまえはこの国の恩人じゃ。敵の大軍をけちらしてみごとに守ってくれた。この国のあとつぎは、三平、お前じゃ」

と王さまがいったそうだ。すると、三平は、

「いやいや。おれは何もいらない。この国は二人の兄《あん》さん王子たちにわけてやるとよい。おれはうちでの小槌《こづち》というものをもっていて、なんでもだすことができるから、しんぱいはいらん」

といったそうだ。

その八、天上界の馬
それから三平は馬のところにいって、

「あんたにはおせわになったね。ありがとう。さあ、ゆっくり馬草《まぐさ》でもくえよ」

というと、馬が、

「ああ王子さま。おれが弱っているとき、たすけてくれてありがとう。そのご恩がえしをしたまでだ。おれは、じつはこの世の馬ではなく、天上界の馬だ。おれにあいたいときは、天を向いて日の丸扇子《せんす》であおげば、いつでもまたとんでくるから。じゃあ、さようなら、さようなら」

といって、天にむかってとんで行ったそうだ。

三平は、せめてきた大軍の敵の国を滅《ほろぼ》し、そこのあたらしい王さまになって栄華《えいが》なくらしをしたということだ。

そいまでの昔話。

この話は、つぎつぎに場面がかわり、合計八場面からなっています。かたり手の浜田諭吉さん（明治三十九年生）はおおきな昔袋《むかしぶくろ》をもっているといわれ、こどもたちが昔話ききにくると、その袋からおもしろい話をとりだして話してきかせるのだといわれていました。

しかし、いそがしいときは、「今日は昔袋はからっぽだからまたおいで」といったそうです。

今回のこの話は、昔袋のなかのとってもおおきな話で、諭吉さんがだいじにしていた昔話です。

場所はヨーロッパの国のようで、王さまと三人の王子の物がたりが出発点です。しかし、話のストーリーは日本の昔話ふうでもあります。女盗賊や山男、足のはやい馬などつぎつぎに登場し、たのしく展開していきます。

この話を諭吉さんからきいたのは、昭和五十一（一九七六）年八月六日です。そのまえの日は、「三筋の指輪」というおもしろい話もしてくれました。その話は、『鹿児島ふるさとの昔話②』（二〇一二年、南方新社）にのせてあります。

「三筋の指輪」は、竜宮神のつかい、長者の難題、犬と猫の指輪探しの三つの話がひとつになった昔話でしたが、諭吉さんはこのようにいくつかの話を統合して、一つのおおきな話としてかたることのできるめずらしい人でした。

ところで、「この話はだれからいつごろ、きいたのです

か」とたずねると、諭吉さんは、「十四、五歳のころ、住んでいた上甑島瀬上《せがみ》集落の森尾鶴吾《つるわれ》という人からきいた」ということです。

ついこの前までは、人がなくなって通夜をするときは、みな、一晩中ねないでいるので、そのときねむけざましに昔話をきいたというのです。それを「夜伽《よとぎ》」といったそうです。

ところで、「御伽話《おとぎ》」はこのように、話相手になってたいくつをなぐさめる意味になっています。

この「三平の夢」は、さいごに、三平をたすけてとぶ馬が、「自分は天上界の馬で、必要なときは日の丸扇子《せんす》であおぐといつでもやってくる」という場面があります。

この場面は、右に記した『鹿児島ふるさとの昔話②』の一〇七～一一四頁の荒武タミさんの昔話「弥勒《みろく》の船」の話にも似ていて、天上界に馬が帰っていくふしぎな物がたりになっています。注目すべき昔話です。

王さまと王子、リンゴ、四万の兵隊をやっつける軍刀など、日本ばなれしたヨーロッパふうのこの話は、甑島とは非常に近い天草あたりからはいってきた昔話ではないかとおもっています。天草はキリシタンの島です。宣教師が話したヨーロッパ昔話が日本の昔話の初夢と合体し、日本ふうに脚色されて甑島に入ってきたのかもしれません。とにかく、諭吉さんの話はおもしろい昔話です。

それにしても、このような長い話を、しかもいくつもの場面が入れかわっていく話を、つぎつぎに話された諭吉さんの記憶力と話術には敬服《けいふく》してしまいます。

② 天狗山《てんぐやま》

瀬上《せがみ》の上の一番高い山を、天狗山というのですがなあ。

そのわけは、揚心流とか何《なん》とかいうて修業をする人がおって、あの山の頂上にいって、

「おれは、今から揚心流をやりたいからどうか教えてください」といっていのっておったら、天から天狗さんがさがってきて、その技《わざ》をおしえたそうです。それで、天狗山というわけ。

その揚心流は、この甑島の里の塩田さんの先祖の話じゃ、なあ。

その先祖が、沖縄にいって家内ができたが、薩摩にもどってくるときはわかれて、主人だけかえることになったそうです。

ところが男の子が一人できておって、主人が「この子はおいが子じゃからつれていこう」

というと、今度は家内が、「いや、この子はわたしの子だ」といったそうです。

そこで、主人が、「じゃあ、真っ二つにわってわけようか」といって、刀に手をかけたとき、家内は、「そんなら、もう子はいらんで、あんたがつれていきなさい」というたそうです。

ところで、明治のころのことだとおもうのですが、今の塩田さんが小学校を卒業するとき、父兄の人たちが学校にいってなあ、まあ昔は、親たちが魚を切いまくったりして料理をして祝《いお》うもんでした。

そのとき、塩田さんの親父さんが包丁をもって魚を切り、刺身をつくっていると、トンビがやってきて、魚はダーッとすられたわけよ。

父兄たちはそれをみていて、

「いくら塩田さんでもトンビにはかなわんなあ」というたそうです。ところが、塩田さんが、

「まあ、みとれ。あんトンビをみとれ」

というたちゅうなあ。

すると、魚をくわえたトンビは舞いあがっていったけれども、高いところで一ぺんとまったかとおもうと、つぎの瞬間には、パターンとおちてきたそうですよ。みると、トンビの頭は包丁でチャッと切られていたそうです。

その塩田さんが修業するときはなあ、あたらしい着物を織らせてきていったそうですが、いくときまったら、その日のうちに縫うてきせてやらないといけないという、いそがしい人じゃったそうですよ。

③流人《るにん》と磯女《いそおんな》

この話はふしぎな実話ですよ。昔なあ、越中《えっちゅう》の人が落人《おちうど》になられて、ここの海岸の一番はずれの砂浜のそばにすんでいたそうですよ。そこは、この浦内湾の一番の外の鼻で、タツマエというところです。中甑の人たちはそこをタツマエとはいわんで、イシナベというのですが、イシナベというわけは、その落人は鍋釜をもたんので、石がわれてくぼみのあるのをみつけて、鍋代用にしていたからだそうです。

あたしが尋常小学校を卒業してその辺《へん》に家畜の草切りにいけば、その爺さんの墓場所だというて、一本の石塔がたっちょったなあ。そして、ふとかきれいな天目《てんもく》（湯呑み）の何やきというかなあ、それが一つすわっちょったなあ。

そのみごとな天目をほしがる人は多かったけれども、もってもどればバチをかぶりそうで、だれもとらんとじゃなあ。

そのタツマエの海は、晩にひく夜網、つまり地引き網の漁場になっちょいとこいや。それで、地引き網があると、その爺さんもでてきてかせいし、魚を何匹かもろうておったそうじゃなあ。

じつは、その爺さんがかたったそうですが、岸辺のヤブにはえるグミの木には、ときどき、海に生える藻がひっかかっておりよったそうですよ。

ところがふしぎなことに、そのちかくにはかならず磯女《いそおんな》がいたそうです。その磯女は何者《なにもん》かといえば、その正体はタコだったそうですよ。誰がみたのかしらんが、こんな話がつたわっちょっとなあ。

あたしの本職は大工《だいく》でしたね。二十五になった年、桑之浦の家たてにいっておったとき、越中富山の薬売りがまわってきたのですよ。

そして茶飲み話に、その越中さんが、

「わたしの祖父のその上の人が甑島にながされて、やがてなくなったときいているが、もしその墓がわかれば、遺骨をもってかえりたい」といったのですよ。

そこであたしが、「その人の話なら、瀬上の浦内湾の一番外の鼻のタツマエというところにありますよ。越中の流人の爺さんの墓石というのがたっていますよ」といったのです。

すると、その人はたいへんよろこんでね。二、三日してうちあわせてから、その人を小舟にのせてタツマエに案内したのですよ。石塔をおがんでから、遺骨をほりあげたのですが、その人は、遺骨の一部をハンカチにつつんで、「こりゃあ、よかった」といってよろこんだですよ。

そして、そばの天日もだいじにもってかえったのですよ。しかし、越中のどこだったか、その天目はいまどうなっているか、まったくわからんですね。

この話は、あたしが二十五、六歳のころの話ですよ。

右二つの話をかたられた浜田諭吉さんに筆者があえたのは、昭和五十一（一九七六）年八月五、六日でした。海から魚籠をせおってこられた若い方に、「この辺にオトギバナシをかたる人はおりませんかなあ」といったら、「うちの父もすこしはしっているよ」ということです。

さっそく、ついていって、隠居家に一人おられたのが浜田諭吉さんです。そして、きいたところが、つぎからつぎへとおもしろい昔話をかたられるのです。ノートし、録音もしながら、とうとう二日間にわたってきいたのでした。そのころは、50ccの単車にのっていた筆者は、晩は中甑の旅館にとまっての調査でした。

「天狗山」は、里町の塩田家にちなむ話で、どこまでが真実なのかわかりませんが、こんな伝説としてかたられていました。その何代目かの塩田さんは、武道の極意《ごくい》をきわめた人で、現在も里で暮らしておられます。

「流人と磯女」は、伝説的な実話です。話者の諭吉さん自身が関係している興味ぶかい話です。磯女はタコだったという話で、ただそれだけで、話の主軸は越中富山でした。なんとも、ちょっとふしぎな話です。諭吉さんが桑之浦で家たてをしたのは、二十五歳のときといわれるので、明治三十九年一月十日うまれの彼は、昭和六年のことになります。その体験談です。

第四章　屋久島・種子島・三島《みしま》・十島《としま》の昔話から

一、屋久島町（旧上屋久町《かみやくちょう》）宮之浦、岩川貞次《ていじ》さん（明治三十七年生）の話

①やく鹿の話

一九六一年七月下旬、旧上屋久町役場の観光係長岩川貞次さんをたずねると、屋久島の鹿についてつぎのような話をしてくださった。

屋久島は人間二万、猿二万、鹿二万といわれるくらい鹿がおおいところですよ。

昔から、正月になると、宮之浦川の下流まで鹿があらわれるんですよ。ことしも雌鹿《めじか》がとびこんできましたが、それは四月で、もう猟期をはずれているのでとらずににがしました。ほんとに年に何十匹もこの村中《むらなか》（宮之浦）に鹿がとびこんでくるんです。

私たちのちいさいころには、その鹿をめがけて一匹の鹿に何十人もかかっておもしろ半分におっかけまわしてとったもんです。鹿をとっても自分には一片《ひときれ》もまわらんのに一生けんめいでしたよ。

鹿というのはおかしなやつですよ。食いものをさがしてとおるウジというとおり道があるんですね。また鹿が犬におわれたとき、かならずとおるところがあって、そこはウジであったりなかったりするんですが、猟師はそこにまちぶせするのです。そこをマブシといいます。

ウジは宮之浦岳の絶頂にいたるまであって、その鹿道は、登山するにはつごうがよいのですが、道をまよう原因にもなるわけです。

鹿は、岳に雪がつもると里山におりてきて、村ちかくまできて、カライモをほったりしてわるさをするので、なんとかせんといかんというてね。

今年あたり、猟期（新十一月十五～二月十五日）にとれた鹿は千五、六百ぴきかな。あれは一年に一ぴきしか仔をうみがならんやつですが、依然《いぜん》として沢山《たくさん》おるところをみれば、やはりこの島に二万ぐらいおるのじゃないかな。

隣集落の志戸子には徳永徳人《のりと》という鹿専門の猟師がいて、年間百五十ぴきぐらいとっているときききますよ。屋久島中の猟師は二十人ぐらいですから、かりに一人百ぴきずつとったとしても合計二千びきですね。それでもへらないのですからね。

私たちはちいさいころから岳まいりしていますが、夜道をのぼっていると、足許《あしもと》の二間《にけん》（三・六四メートル）ぐらいのところからさっととびだして、尻尾《しっぽ》の白いところをみ

せて、かけるのですよ。

御岳の頂上ちかくのやく笹《ざさ》のあたりは、あっちからもこっちからもとびだしてにげていくのですね。

岳まいりのとちゅう、猟師がしかけたワナに鹿がかかっていたら、私たちが肉を失敬して半焼きしてくうのですがね。もっとも、いまはそんなことはしませんが、その肝はおいしかったものですよ。

鹿の肉はあんまりうまいものじゃありませんが、いやみがなく、くさみもなく、脂肪《しぼう》は少しうすい肉で、焼肉にすればちょっといける味ですね。

昔は正月ふつかのいわいには、商家の金《かね》いわい、漁師《りょうし》の水夫《かこ》いわい、山の猟師のいわいなど、それぞれするものでした。その席で、松坂節をうたうのですが、「向うの御山の陰に鹿が鳴く」と、うたう部分があります。そのときは、やく鹿をおもいだしてうたったものです。

奥岳の絶頂ふきんには、仔馬ほどもある一ぴきの白鹿《はくしか》がおると昔からいっています。全身、白髪《しらが》のまっしろな鹿で、神様のつかいだといい、猟師はその鹿には絶対、発砲しないことになっています。また、その鹿がワナにかかったこともないですね。

その白鹿《はくしか》はいまもおると猟師はいいますが、私はみたことはありません。

屋久島の山はふしぎなことのおおいところです。天狗がいる話はあまりききませんが、山姫といううつくしい女があらわれる話はよくききます。山姫の話はべつの機会にしましょう（『鹿児島ふるさとの昔話1』（南方新社、二〇〇六年）には山姫の話をいくつものせてあります）。

猟師が、はじめて鹿などをとったときは、猟師仲間は知人もよんで初猟いわいをしてくれます。

以上は、岩川貞次さんによる「世間話」の一つでした。貞次さんは縄文杉発見者でもあり、屋久島の歴史や民話などにたいへんくわしいかたでした。屋久島観光行政の先覚者であり、情熱的で、屋久島を愛してやまない人でした。

二、屋久島町（旧屋久町）安房《あんぼう》、安藤大太郎さん（明治十一年生）の話

①くまばちの巣

あるところに、ぐうたらな若者がおって、あちこちあるいてまわりおったそうだ。

ところが、ある屋敷の門口《もんぐち》に、「養子入用」

とかいた立札があった。

「えー、こいはよか札じゃ。おいも入ってみようか」

といって、

「おいも養子になってみたか。本気かい」ときくと、

「本気よ。それにはしごとがあいど」

「どんなしごとか」

「まあ、こっちにきてのまんか」

こういって、お茶をのませた。

「今日はこれでよか。あしたもう一回きてみらんか。あしたは弁当をもって山に入ってみらんか」

ぐうたら若者は、翌日、日がのぼってから目をさまし、その屋敷にいくと、

「わーは、これから山に入って、この家の杉山の木の本数をかぞてこんかい。もし、それがあたっていたら養子にすいからよ。弁当は用意してあっからもっていかんかい」と。

案内人がおって、いっしょに山に入ってみると、あの峰からこの峰までつづく大きな山で、杉の木がいっぱいはえていた。もう何百本、何千本あるかわからない。

案内人は、

「じゃー、べんとうでもくわんか。よーかぞえてみらないかんど」

というと、帰ってしまった。

ぐうたら若者は、

「昼飯でもくおうか」

と、山をみながら昼飯を食べているとねむくなった。ちょうど、そこに大きな椨《たぶ》の木があって、その根元に腰をおろし、ふと上をみると、大きなくまばちの巣があった。

「こわ、いけなとかい。刺されんうちに、はよもどいど」

といって、たちあがると、くまばちの群がまいあがり、

「くまーん、ぼんぼん、
くまーん、ぼんぼん、
くまーん、ぼんぼん」

とさわぎだした。

ぐうたら若者は、

「こわ、もいかん。はよにげんなもう、ばったい、いかん。くまーん、ぼんぼん。くまーん、ぼんぼん」こういいながらにげた、と。

そのとき、ふと、

「ははあ、くまーん、ぼんぼん、くまーん、ぼんぼんは、九万本のことやっかもね」

とおもった。そこで、

「一回、九万本、というてみようかな」といって、屋敷にもどることにした。

でも、ぐうたら、ぐうたら、ゆっくりあるき、日がくれ

たころ、屋敷についた。

「今もどってきたど」というと、

「ああ、もどってきたか。杉は何本あったか」

「九万本あった」

というと、番頭がきて、帳簿をみんなだしてしらべた。

そして何冊もめくり、合計をだして、

「うん、ちょうど九万本ばっかやったど」

といった。

すると、屋敷の主人がでてきて、

「わーはえらいな。帳簿もちょうど九万本。やくそくどおり、わーを養子にしようかね」

といった。

こうして、ぐうたら若者は、めでたく、その大きな屋敷の養子になったそうだ。

蜂は金《かね》の精《せい》ともいうてなあ。刺されたらたいへんだが、うまくのがれると、金満家になる「運」をさずけてくれるそうじゃよ。


この話は、安房にすんでおられたデタオジこと安藤大太郎さん（当時満八十七歳）から一九六五年八月二十七日にきいた昔話です。その日は、安房川のほとり、如竹廟《じょちくびょう》のそばでかたってくれました。

大太郎さんは、たずねると、ほかにもたくさんの昔話をしっておられ、まるで泉がわくように、つぎつぎとおもしろい話をかたってくれました。

なかでもわすれられないのは、

「大昔、彦火々出見命《ひこほほでみのみこと》と豊玉姫《とよたまひめ》がであった場所は、安房の吊り橋をわたった先にある「面影《おもかげ》の水」（今は涸《か》れてない）のところだと聞いている。それで、龍宮は、安房であった」

という話です。

安房方言は、岩山光清さんのおせわになりました。

三、屋久島町（旧屋久町）原、日高亀助さん（明治三十六年生）の話

①ぶん助と赤い鳥

屁《へ》っかぶいのぶん助という人が寺のそばに畑をもち、夕方には寺のうら山で薪《たきぎ》をひろうてかえっておったそうだ。

ある日のこと。畑に赤いきれいな鳥がとんできて、ぶん助のまわりをとびまわったそうだ。

「うーん。きれいな鳥《とい》もおるもんじゃねー。あれをつかまえて飼《こ》うてみたかねー」

とおもって、つかまえようとするが、なかなかつかまら

ない。鳥はぶん助をあざわらうようにとびまわり、おかしな声でなくのだそうだ。

「ぶんぶんぶん、ぶんぶんぶん、左ギッチョはギッチョギッチョ、右ギッチョはギッチョギッチョ」

と、なんどもないてまわるので、ぶん助は、

「こいや、横着な鳥《とい》じゃ」

といって、手にもっていた唐鍬《とんぐわ》をなげた。しかし、鳥はまた、

「ぶんぶんぶん、ぶんぶんぶん、左ギッチョはギッチョギッチョ、右ギッチョはギッチョギッチョ」

とないてまわった。そこでぶん助がちからいっぱ唐鍬《とんぐわ》をなげたところが、今度はうまくあたって鳥は地面におちたそうだ。

ぶん助は赤い鳥をすぐひろって、

「うん、こいわ、孫のよかみやげができた」

といってよろこんだそうだ。

しかし、ぶん助の孫は多かったのでだれにくれようもない。

「こいや、この鳥《とい》はケンカのもとになる。きれいな鳥《とい》やんばって毒にはなーんじゃろう」

といって、ぶん助はその赤い鳥をひとのみにのみこんでしまったそうだ。

そして、寺の薪《たきぎ》をとっていると、

「寺山の木をきっとは誰《だい》か」

と、師匠（和尚《おしょう》）さんの声がした。

「はーい。いつものぶん助じゃんが」

「じゃっとか。ひさしぶりじゃが、ぶん助。たまには、ぶんぶんも鳴《なー》してみやんか」

ところが、ぶん助の腹がまくって（ごろごろして）きて、たまらん。

「師匠さん、腹《はー》がおかしゅーなってたまーん。お寺の真中《なまか》（便所）をかしてくえー」

といって走った。寺の真中《なまか》は座敷のさきにあった。ぶん助は、腹をおさえながらいくとちゅう、座敷でとうとうたらしてしまったそうだ。

ところが、それは一羽の赤い鳥だった。そこに師匠がきて、とんと魂消《たまが》って、

「うわっ、こいや、めずらしいことじゃ。ケツの穴かぁ、こげんきれいか鳥《とい》をだすとは」

と、大声でさけんだそうだ。

ぶん助がわけを話すと、師匠は、

「そいじゃったとか。こいは、わいがかねてかー正直によー働《はたい》くたっが、仏さまがくえたのかも。おいからもほうびをやろう」

といわれ、ぶん助は着物やみやげものをたくさんもらってかえったそうだ。

ところが、このことをきいたとなりの欲ふかい男が、「おいも、師匠さんから着物やみやげものをどっさりもらわにゃいかん」といって、ぶん助のまねをしたそうだ。

まず、麦飯を三升もたいてぜんぶくい、寺山にいって薪《たきぎ》とりをはじめたらしい。すると、

「寺山をきっとは誰《だい》か」

と師匠さんの声がした。となりの男は、

「はーい。となりのぶん助じゃんろ」

というと、師匠さんが、

「じゃっとか。ぶん助なら屁をひってみえ」

といわれたそうだ。ところが、となりの男は、急に腹がまくってきて寺の本堂にはしっていき、仏さんの前の座敷にたらしてしまった。そして、でるわでるわ、三升の麦飯のうんこが山のようにでたそうだ。

師匠さんは、「こいは、ふとどきものじゃ。小僧たち、こんやっとをたたきだせ」

といわれ、さんざんたたかれたと。

そこで、となりの男は、「アヨ、アヨ」となきながらかえっていったそうだ。


これは、一九八七年四月、日髙亀助さんからきいた昔話です。この話を亀助さんは十五歳ごろ、父からじろ（いろり）端《ばた》できいたそうです。

原の方言は、岩川謙志さん（昭和七年生）のおせわになりました。

四、屋久島町（旧屋久町）尾之間《おのあいだ》、岩川イワさん（明治二十四年生）の話

①くさえん橋の一つ橋

昔なお（昔のー）、娘さんが一人でお伊勢まいりにいきおったて。

ところが、もう一本の道がまじわるところにくると、むこうから男のひとがきおいやってな、やがて二人はでおうたそうだなあ。

「こいわ、よか連《つ》れや」

といって、二人は手並《てな》んで（いっしょに）、お伊勢にいったと。そしてかえりも手並んできおったて。

ところが、あつい日であったので、

「こいわ、たまらん」というて、ちかくの木陰に二人ともやすんだそうな。

ところが男はねむってしもうたと。すると、娘さんはかきおきして、いってしもうたて。あとで、男がめをさますと、娘さんはおらん。

「こいわ、どうしたことか」といってたちあがり、笠をとったところが、笠の下にかきおきがあってな、

「あたいがことおもうなら、播磨《はりま》の国、くさえん橋の一つ橋、十五夜のお月さんをたずねておじゃんせ」

とかいてあったてよ。

「うーん、こいわなんといういみか。どうもよく分《わか》ーん」

といってなげいたそうだ。

男はとぼとぼと歩き、何日かして家にかえりついたて。そして茶ものまず、飯もくわず、布団をかぶってねてしもうたて。カカさんが、

「息子、おまや、どうしたわけか」

ときいても、返事もせん。

そこで、息子の友達をよんできいてもろたて。すると、息子は、

「じつはこうこうで、娘とよか仲になってお伊勢まいりしたが、帰りには娘がいなくなってかきおきがあった。とこいがその文句がさっぱり分《わか》ーん」

といって、紙片《かみきれ》をみせたそうだ。

「あたいがことおもうなら、播磨の国、くさえん橋の一つ橋、十五夜のお月さんをたずねておじゃんせ」

友達は声をだしてよみ、カカさんにも話したが、やっぱりわけはわからん。そのとき、前の道を按摩《あんま》がとおりかかったので、カカさんが手をたたいて、

「按摩さん、按摩さん。こっちーきてくえ。この紙片《かみきれ》のわけをおしえてくえ」

といってたずねるとこいじゃ。按摩さんは目はみえないが、頭がよくて知恵があるというからな。

「そいわな。播磨の国のくさえん橋の一つ橋とは、いつまでも腐らん鉄の一本橋のことじゃ。十五夜のお月さんとは、望月《もちづき》のまん丸いお月さんで、つまり餅屋のことじゃな」

とおしえてくれたて。男は、

「えー、そうかー」

というと、たちあがり、茶ものみ飯もくって、カカさんと友達に、

「おいは、あすは、播磨の国へでかくんど」

というたて。カカさんは、

「そんなら、行たてケ。そして娘も手並《てな》んでハヨもどってケー」

と、言《ゆ》やったて。そして、あくる日、男はでかけて、何日かして播磨の国へいき、たずねてあるいたて。

あるところで、お婆さんにきくと、

「そんくさえん橋は、こん先や」

というたて。男がしばらくあるくと、おおきな鉄の一本橋があったので、そこをわたっていったて。すると、家が何軒かあって、りっぱなかまえの餅屋があったてよ。男が、

「ごめんなさい」

といって、店にはいっていくと、奥のほうからあの娘があらわれたてーや。

「あっ、あんたか。ようこそきてくいやった。さあ、上《あが》って、さあ、上《あが》ってくいやい」

娘は手取り足取りやさしくしたて。すると、娘の両親があらわれて、

「話はこの娘《こ》からきいちょいど。よくきてくいやった。あんたは、この家の跡とりになってくいやんか」というたて。

こうして、男は餅屋の一人娘の婿《むこ》になったち。やがてカカさんもよびよせて、一生、よか世をくらしたてーや。も、そしこん話。

この話は、一九六一年八月、尾之間の岩川イワさんからききました。イワさんはほかにもたくさんの昔話をしっておられました。尾之間の方言は、岩川直隆さんにおせわになりました。

五、屋久島町（旧上屋久町）志戸子《しとご》、熊本常吉さん（明治十六年生）の話

①三年寝太郎

あるところに兄弟二人、ちかくにすんでいたそうだ。とこいが、弟は家内もいて子もおったが、よかかせぎはなく、食うちゃ寝い、食うちゃ寝いして、三年も寝てかんがえておったそうだ。そこで兄が、

「おとっ（弟）、わーの寝太郎を三年もみてきたが、そろそろこのへんで、魂をいれかえてはたらかんか」

というたそうじゃ。すると弟が、

「まあ、兄《あち》よ、二、三日まってくえんか」というたそうだ。

「え、そうか。そんならまっちょる」

と、兄はいうたと。とこいが、兄は欲がふかくて、儲《もう》けたうえにも儲《もう》けて、家来《けらい》や弟子が何人もいて、馬には金《きん》の鞍《くら》をかけておったそうだ。

そして、その晩の夜中《よなか》になると、弟はそろーっと兄の家の馬屋にしのびこんだ。そして、金の鞍をぬすみだし、兄のおおきな倉の脇の隅にうめてしもうたそうだ。

夜があけると、金の鞍がなくなった兄の家ではおおそうどうじゃ。

兄が弟の家にきて、

「おい、わーは食うちゃ寝い、食うちゃ寝いしおいが、おいが金の鞍がよんべなかごとなった。わー知やんか」というと、弟が、

「おいはちかごろ、占《うらな》い師をけいこしよい」というたそうだ。

「そいなら、おいが金の鞍を占いしてみらんか」

そこで弟はおきあがって、扇子や守り札《まぶい》をそなえて占うとこいじゃ。

「うーん、その金の鞍は、兄《あち》の倉のわきの南のすみにあるようじゃ。そこの三尺下をほってみやんかよ」

兄の家ではおおそうどうしてほったところが、がっつい（本当に）金の鞍があったそうだ。そこで、欲な兄もおおよろこびして、米を七、八俵もくれ、銭もくれたそうだ。

とこいが話はかわって、天下の殿様（将軍）の宝物《たからもん》がなくなったそうだ。日本中の易者をあつめてきいても、だれもわからん。そのとき、寝太郎の噂《うわさ》が耳にはいった。

ある日、寝太郎の家に飛脚《ひきゃく》がきて、殿様からでてくるようにという命令があった。弟は、袴《はかま》をはき、扇子《せんす》をもち、易者のすがたをして家をでた。野をこえ山をこえしていったところが、日がくれたので、山奥のお宮にとまった。

とこいが、その日はおまつりがあって、村中の人がお宮まいりして黍《きび》団子をたくさんあげてあった。弟はよろこんで二つ三ついただいて、お宮の奥にねていると、七谷八谷こえてやってきた狐《きつね》の群が何十ぴきもあらわれて、黍団子をぜんぶ食ってしまった。

そこに親狐がやってきて、団子が一つものこっておらんのでおこった。

「おい、おい。わいだ（お前たちは）、団子をぜんぶ食うたろうが。わいだ、このまえは、天下主《しゅ》の宝物をおっとって、どこそこの国の松の木のウト（ほら穴）にかくしちょったろが、おいが殿様にいうてやっからね」

「こあ、よかことをきいた」

弟は、夜があけると、お宮を出て殿様のところにいそいだ。すると、噂にきいたよくあたる易者がきたということでよろこんで迎えられた。

「さあ、さあ、はやく座敷へあがってくだされ」

弟は、慎重《しんちょう》なかまえで、

「エヘン、エヘン」

と咳《せき》をしてから、座敷へあがっていき、殿様のまえにすわり、礼をした。

「うん。お前が噂《うわさ》の易者か。わしのだいじな宝物をはやく

さがしてくれ。みつければ褒美《ほうび》はのぞみどおりじゃ」

「は、はーっ」

弟はかしこまりながら、さっそく扇子や守り札《まぶい》をだして、占いにかかった。そしていった。

「お殿様のだいじな宝物は、どこそこの国の、松の木のウトのなかにはいっちょります」

「なに、どこそこの国の、松の木のウトのなかか。そいなら、家来ども、はやくそこへいってさがせ」

家来達が早馬をとばして、どこそこの国にいってみると、松の木のウトのなかに本当に宝物があった。

こうして、三年寝太郎の弟は、日本一の易者とたたえられ、たくさんの褒美をもらい、おおきな倉をたてて、よか世をくらしたそうだ。


この話をかたった志戸子の熊本常吉さんは、一九六一（昭和三十六）年当時、数えの七十八歳。七月末のあつい日、上半身はだかで庭におられましたが、そのまま縁に腰かけて、おもしろい話をいくつも話されました。志戸子の方言は、森下弘美さん（昭和五年生）のおせわになりました。

六、屋久島町口永良部島《くちえらぶじま》本村《ほんむら》、内山熊吉さん（明治二十九年生）の話

①天神《てんがん》になった子

ある村の奥山になあ、一軒の家があって、トトさんとカカさんと三人の息子たちがくらしておったそうじゃ。

トトさんは、親方の山の番をし、畑もすこしつくり、狩りもしながらくらしておったそうだ。

あるとき、トトさんは山見まわりにいって、るすだった。

そんなときは、五日も六日ももどってこん日があったそうだ。

そんなある日、カカさんが、

「焚物《たつもん》が切れたから、取いけ行たてくいから、おまえたちはるす番をしておれね。トトさんはまだ二、三日はもどってこんから、わたしのかえらんうちはだれがきてもけっして戸をあけちゃならんよ」

といって、でかけようとしたそうじゃ。すると、三人の息子の二番目の子が、

「カカさん、今日はいかんでくれ」

といったそうだ。カカさんが、

「何《ない》ごてね」

というと、その子は、

「さっき、コイヤ（トイレ）にいったとき、畑のさきのほうに何《なん》かおそろしかもんがみえた。そいじゃからいかんでくれ」

「そうかい。じゃあ、用心せんといかん。でもね、焚物《たっもん》がなかとおまえたちに飯を食《く》ゎせられん。ちょっといたてくいから、用心しておれな」

カカさんはこういうてでかけたそうだ。

畑のさきには崖《がけ》があって、下は谷になっていたそうだ。そこをとおらんと焚物《たっもん》になる林はなかった。カカさんがいそいでとおろうとすると、

昔話をかたる内山熊吉さん（明29年生）。筆者のテープレコーダーに録音中（1964年）

「おい、ちょっとまて」

という声がした。みると、崖のくぼみに大変《わぜぇ》なもんがおった。背《せい》の高さが六尺あまり（二メートルぐらい）で、口は鰐口《わにぐち》で鬼歯が二本はえた山姥《やまんば》であった。

「うわーっ」

と、おろだ（叫んだ）カカさんがいそいでにげようとしたら、足がカズラにひっかかってたおれてしもた。

そして、おさえられてしもた。

山姥はカカさんの手足をポキポキ、ポキポキと折り、そして、ポリポリ、ポリポリとかんでしもうたそうだ。カカさんをかみおわると山姥は、人間の味と匂《かざ》いをしった。

それから鼻をくんくん、くんくんさせながら、カカさんの匂《かざ》いのあとをたどり、とうとう子どもたちのいる家までやってきたそうだ。そして猫なで声で、

「こらこら、カカさんがもどったど。はよ、戸口をあけぇ。はよ、戸をあけてくれぇ」

というたそうだ。三人の子どもたちはだまっていた。ところが、一番上の子は体が大きくて力もあったが、少しぼんやりした子であったので、

「カカさんがもどったよ」

といってよろこんだ。二番目の子は七歳であったが、か

しこい子であったので、

「何いうか、兄《あん》さん。カカさんは何《なん》というていかれたか。ぜったいあくんなよ」

というたそうだ。

戸口の板戸にはちいさな穴が一つあったそうだ。その穴に三寸もあるながい爪がかかった。それをみた一番上の兄は、

「カカさんの爪じゃなかか」

といったが、二番目の子は、

「いや、カカさんの爪じゃなか。ぜったいに戸をあくんな」

とさけんだそうだ。すると、こんどはツワの葉をまいた爪がでた。

「こらあ、カカさんの爪じゃ。はよ、あけよう」

兄がいうと、弟は、

「バカをいえ、兄《あん》さん。これもカカさんの爪じゃなか」

すると、兄はおおきくて力がつよいものだから、内カギをほどいて、ガサーッと戸をあけたそうだ。

そのとき、山姥がどさーっとはいってきて、カカさんの乳がほしくてないている三番目の子をつかまえて、ポキポキ折ったかとおもうと、ポリポリかじってしもたそうだ。

そのあいだに、上の二人の兄は外ににげて、ちかくにあった池のそばの渋《しぶ》柿の木にのぼったそうだ。

その柿の木は、一の枝まで何《なん》メートルも枝がない木で、のぼりにくかったそうだ。そいでも、かねてときどきのぼって柿をちぎっていたので、なんとかのぼったそうだ。上の兄と七つの弟の二人は、枝の上でガタガタふるえながら下をみていたそうだ。

すると、山姥がやってきて、

「あいどま、どけいったかな」

とつぶやいたそうだ。

ところがその日は上天気で、池には柿の木のかげぼうしがくっきりとうつっていた。

「いひひひ、あそこににげたな」

山姥はこういいながら池の面《おも》をみつめた。柿の木の枝にかくれている兄弟二人のかげぼうしがみえたのだ。

山姥は池の面をみていたが、何をおもったかひきかえして、兄弟の家にいき、バラ（丸笊《まるざる》）をもってきたそうだ。

そして池にじゃぶじゃぶはいり、バラで兄弟のかげぼうしをすくおうとした。ところが、かげぼうしは、なおゆらゆれて、すくいとれない。あっちにじゃぶん、こっちにじゃぶん、とするばかりで、なかなかすくいとれない。

このとき、上の兄が、

「ひひひひ」

とわらってしまった。すると、上をみあげた山姥が、

「おまえたちはそこにおったか」

というと、柿の木にのぼろうとした。しかし、手も足も泥がいっぱいついているので、のぼってはすべり、のぼってはすべりして、なかなかのぼれない。

「こらあ、のぼられん。どうすればよかか」

というたそうだ。すると、七つの弟が、

牛を使う婦人たちと古岳（右）・新岳。左は金田タカさん、右は福永さん（1964年、本村《ほんむら》の上の野にて）

「草履《ぞうり》のうらに油をぬって、のぼればよかが」

といったそうだ。

「よし。そうか」というと、山姥はまた家にはしっていき、草履に油をぬってもどってきたそうだ。そして、それをはいてのぼるが、一足のばってはつるーんとすべり、二足のぼってはつるーんとすべって、こんどもまたのぼられん。

上の兄は、それをみていて、また、

「ひひひひ」

とわらったそうだ。

すると、山姥はなにをかんがえたか、また兄弟の家にはしっていき、こんどは斧《よき》をもってきた。そして、カッツン、カッツンと柿の木をきりはじめたのだ。

「うわーっ」

と二人の兄弟はさけんで、柿の木の上の枝にのぼりはじめた。のぼりながら、七つの子がこういった。

「天の神さま、どうかたすけてください。正月はじめには、いつも斧《よき》や鍬《くわ》などを縁《えん》にかざって、御飯をそなえてまつっています。また、オーバン竿（幸《さいわ》い木《ぎ》）もかけて大根や魚を何匹もそなえていのっています。どうか、おたすけください」

そのとき、天から一本の綱がするするとさがってきたそうだ。

「兄《あん》さん、その綱をつかめ」

七つ子がいうと、体がおおきくて力もちの兄は、うでをのばしてその綱をつかんだ。

「それっ、兄《あん》さん、しっかりつかまえるんだ」

七つ子がこういうて、二人は天の綱にぶらさがった。

これを下からみていた山姥は、

「うぬ。こりゃ、にげられる」

といって、手にもっていた斧《よき》をちからいっぱい、綱めがけてぶーんとなげたそうだ。

ところが斧《よき》は綱にはあたらないで、下におちてき、山姥の眉間《みけん》にあたったそうだ。

「ぎゃーっ」

山姥は一声叫《ひとこえさけ》んで、たおれてしまったそうだ。

兄弟二人は、綱をつたって天にのぼり、天神《てんがん》になったそうだ。

その天神《てんがん》とは、お天道《てんと》さん（太陽）とお月《つっ》さんで、上の兄はお天道《てんと》さんになり、七つ子の弟はお月《つっ》さんになって、兄弟二人で昼と夜、かわるがわる世のなかを照らしているのだそうだ。もう、こしこの話。

この話は、昭和三十九（一九六四）年三月二十三日、口永良部島本村《ほんむら》の内山熊吉さん（当時数え年六十七歳）からきいた話です。熊吉さんは、ほかにもおもしろい昔話をいっぱいかたってくれました。

この話は「お天道《てんと》さん、金《かね》の綱」ともいって話されています。三人兄弟と山姥が主人公で、さいごは太陽と月、あるいは星になったりするふしぎな、しかもおもしろい昔話です。奄美から青森県まで、全国各地で少しずつ内容をかえながらかたりつたえられてきました。

さて、口永良部島には大きな湾があって、古来、南島航海の基地になっており、江戸時代は薩摩藩の密貿易の基地であったといわれます。種子島の島間《しまま》と屋久島の宮之浦、口永良部島の間には、「太陽丸」がかよっています。

古岳（六四九メートル）・新岳（活火山）がそびえ、温泉がわく風光明媚《ふうこうめいび》な島で、旅館も整《ととの》っているので、ぜひ、観光にいらしてください。

七、種子島・西之表《にしのおもて》市東町《ひがしまち》、浜田ナツさん（明治二十年生）の話

① 徳田大兵衛《おーべー》

・雀と鶏は親子

徳田大兵衛《おーべー》と殿様はよか話友達であったそうな。ある日、

殿様が、

「大兵衛、大兵衛、おまえはいつも頓智のよか話をして、おれをまかすいが、今日はおれがかつからなあ」

「いやいや、殿様。今、ものをいわじぇたもんせ。雀と鶏は親子でござり申すからな」

「なに、雀と鶏がどうして親子か。バカをいうなよ」

「いや、殿様、両方のなきごえをよーくきいてくださり申せ。雀がチチ、チチというと、鶏は、コカ、コカというてなき申すからなあ」

・松の枝にさがる

殿様は、大兵衛と話すのがたのしみで、「大兵衛、きて話せ、大兵衛、きて話せ」と毎日のように使いをやったので、大兵衛もすこしつかれたらしい。

浜田ナツさん（明20年生、西之表市東町出身。1962年、日置市伊集院町下谷口の息子さん宅にて。当時76歳）

そこである日、大兵衛は百姓をつれて御殿《ごてん》にいくことにしたそうだ。そのとき、百姓に、

「おれのいうとおりにせーな」といいつけてあった。

御殿にあがっていったら、廊下に硯箱《すずりばこ》がおいてあった。それをエシランジ（え知らんで）、蹴《け》たくってしもた。あとの百姓も蹴たくってとおった。

そうしたら、家来が殿様にいうて、殿様はハラカーテ（怒って）、

「大兵衛、もう退《さ》がれ」

といわれたそうだ。すると、大兵衛は庭の松の木の枝にぶらさがって、百姓にもそうさせたそうだ。すると、殿様が、

「こら、大兵衛、さがれとはもどれちゅうこっちゃいが」

といわれた。すると、こんどは大兵衛が、

「わかり申した」といってかえり、もうそれからしばらくいかなかったということじゃ。

・呑《の》まねば話さん

それから殿様も殿様で、御殿にこいともいわず、大兵衛もいきもせずじゃったそうだ。ある日、大兵衛が、

「今日あたり行たて、殿様のようすをみてみよう」といっ

て、その日、さっそく御殿にあがってみたそうじゃ。

しかし、御殿にあがったものの大兵衛は、やはりモノをいわずにだまっていたそうだ。

殿様も、「大兵衛がきても、モノをいうな」と家来たちにいいつけてあった。それをさとった大兵衛もずっとモノをいわず、一晩中、すわりこんだままいたそうだ。

あんまりのことに殿様も根《こん》まけして、つい、

「大兵衛、なんか話せ」といわれ申したそうな。すると、大兵衛が、

「はい。あのな、殿様、御殿にあがるとちゅうに、蛇がバックー（蟇《ひきがえる》）を呑もうとしおり申した。バックーがばたばたしおると、蛇が、呑まねば話さん、呑まねば話さんと言《ゆ》おり申した」といった。

すると、殿様は、

「おい、おい、家来ども、早《はよ》う焼酎をもってこい。呑まねば話さんと大兵衛がいうておるがね」といわれたそうだ。

②師匠と小僧

・ゾーシー（雑炊《ぞうすい》）
昔、師匠（和尚《おしょう》）と小僧二人がおり申したちゅうわ。その小僧二人は、兄と弟だったそうだ。

兄は人間がよかばかりで、智恵なしでしたが、弟はなかなかの智恵者だったそうな。

ある日、弟が、「兄《あにょ》、吾《どまぁ》は、年から年中、ゾーシー（雑炊《ぞうすい》）ばかりくわせられて、仕様なかばっちぇか、なんとかゾーシーをくわんごとせんばじゃなあ。お前《わごう》は、井戸にはいれ。そして、おいがいうごとせー」

柿の木のある庭であった。柿の木のそばの石囲いのある井戸には、ツルべがあった。

「お前《わごう》は、あそこのツルべのなかにはいっちょれ。柿をちぎるからな。今日は師匠はなんをくうていかったかな」

「トビウオと塩辛をくっていかったろ（よ）」

ところで、師匠がかねてていねいにいう女がいた。いつもそこにいき、うまかよかもんな弟子にくわせじ、いつもその女にくれたのだそうだ。その女をマッチョバキーといった。

弟が兄に「お前《わごう》は、ツルべにはいるまえに、家のなかの甕《かめ》んなかの水はみんなくみだしてすて、湯罐《やかん》にも水をいれておかんよにせーよ」

といったそうだ。

夕暮れどきになって、師匠がよったんよったんしながら、マッチョバキーのところからもどってきた。弟はそのとき、柿の上にのぼって柿をちぎっていた。そこに師匠がやってきて、下に立てかけてあった柿ちぎり用のハズという竹棒

をもった。ハズは、長い竹棒のさきを二つにわって、柿をはさみやすいようになっているからなあ。

師匠はそのハズで上にさがっている柿をはすうで、ひねったそうだ。ところがそれは、柿ではなく、弟小僧の金であったらしい。弟は痛さを一生けんめいこらえていたら、糞《くそ》がたれたそうだ。その下におって、その糞をまともに顔にうけた師匠は、

「うんにゃ、ズクシ柿とは、こがァなもんか。うんこのにおいがする。こういうこたァなか」といって、寺の俚裏《くり》にはいり、水をのもうとしたが、甕壺《かめつぼ》にも湯鑵《やかん》にも水はない。そこで、ツルベにいって水をくもうとしたら、ツルベのなかから、低い声でゆっくりと、

「おまえは、わがではコメノメシをくうて、小僧たちにはゾーシーばかりくわせておるなあ。水にのさらんのは、そのむくいじゃ」

と声がした。師匠は、

「へ、へーっ」とうなずき、頭《こうべ》をたれたそうだ。

・花刺し碁《はなさしご》

弟の小僧がいうた。「アニョウ（兄よ）、今度《こんだ》ぁ、餅をくう方法をせんばじゃ。師匠は、マッチョバキーにばっかいくれて、俺共《どめー》にゃ一つもくれん。何《なん》とか、とる方法をせんばじゃ」

「うん。そうしよう」

「そいではね。おら、フーフーと名前を変え、兄《あにょ》はパチパチということにしようじゃなっか」

「うん。それがよか」

「そいじゃね、俺《どん》がねておるとき、師匠がフーフーといえば、弟のおれがおきていき、そしてパチパチと音がすれば兄《あにょ》のお前《わぁ》がでていくのじゃろ、なあ」

「うん、わかった」

ところで、師匠は、檀家からもろた餅をはやく焼いてマッチョバキーにもっていきたかったので、

「小僧、わが達《たち》や、はよう寝《ね》れ」というた。すると、弟小僧が、

「師匠さん、師匠さん」というたそうだ。

「なにか。寝らんか、はよ」

「はい。眠《ねぶ》はなかばっちぇ」

「寝れぇ、はよ」

「はい。寝《ぬ》いこたぁ寝《ぬ》いばっちぇ。師匠さん、俺達《どま》ぁ、こんやから名をかえ申すからなあ。弟の俺《おら》ぁ、フーフーになり、兄《あに》ょはパチパチといい申すからなあ」

「何、フーフーとパチパチか。ははは、よかよか。思《おも》うたごとせぇ。はよ寝《ね》れ、寝れよ」

小僧二人は、「はーい」といって布団をかぶり、鼻をなら

して、寝入ったまねをしたそうだ。

そこで、師匠はジロ（火代、いろり）の灰のなかに餅を入れて焼いたそうだ。

やがて餅がふくれてきたので、手にとりあげて、「フーフー」と吹いたそうだ。すると、弟の小僧が、「はーい」と返事をしたちゅうわ。

師匠は、その餅をてのひらにもって、「パチパチ」とたたいたそうだ。すると、兄の小僧が、「はーい」と返事をしたてーや。

「何《なに》ょう、お前達《わがたち》ゃぁ、はよう寝んか」

「はい、はい」

しばらくして、また、「フーフー」「パチパチ」したので、

「はーい、はーい、師匠さん、なんか用ですか」

そしてまた、「フーフー」「パチパチ」「フーフー」「パチパチ」した。

そこで、小僧達は布団をけっておきあがり、襖《ふすま》をあけて、ジロのそばにいき、

「師匠さん、何か用があり申すか」ときくと、

「いや、ないも用事はなか」といわれたそうだ。弟の小僧が、

「師匠さんは、俺《おれ》たちの名をよぶからおきてき申した。もう、めがさめて、眠《ねぶ》はなかので、火箸《ひばし》をかりて花差し碁《ご》（五つならべ）をし申す」

というたそうじゃ。そして、火箸を二人で一本ずつもって、灰につぎつぎにつきさしたちゅうわ。すると、餅にぷすっとさすと、

「うわぁ、これは餅のあたりじゃ」

「俺も、餅のあたりじゃあ」

といって、二人でジロの餅をみなほり上げてくてしもうたそうじゃ。

師匠は、すっかりハラカーテ（怒って）でていったそうだ。

・鼻をつまむ

「フーフー」「パチパチ」があってから、師匠は寺では餅やきをまったくしなくなって、マッチョバキーの家だけでやいてくったそうだ。

二人の小僧は、「こらぁ、何《なん》とかせんといかん」というて話すところや。

「これは、二人の仲を割《さ》くことじゃな」

といって、かんがえたそうじゃ。

ところで、マッチョバキーはきれいな女子じゃったが、師匠は鼻が少し低かったそうだ。

ある日、弟の小僧が、

「師匠さん、師匠さん。マッチョバキーはわざい（大変）

花刺し碁

きれいか女子でござり申すなあ」

といい、兄の小僧は、

「しきい（本当に）、わざいか別嬪《べっぴん》じゃなあ」

というたそうだ。すると、師匠が、にこにこして、

「うん。わざい別嬪じゃが、ちょっといけんとこいがある」

「どこがいけんかなあ」

「そんた、言《ゆ》わならん」

「師匠さん、誰《だい》にも言《ゆ》わんで、そっとおしえてたもれ」

「うん、まあね。それは裾《そそ》がくさかことや。あれさえなければ申し分ない女子じゃばってね」

小僧達は神妙にきいていた。ところが、あくる朝は、二人はマッチョバキーのところにでかけて、

「マッチョバキーは申し分ない女子じゃが一つ欠点があると師匠さんが申しました」といったそうだ。

すると、マッチョバキーは、「欠点とはなにか」ときいたそうだ。二人は、

「お裾《そそ》が、お裾《そそ》が」といって、鼻をつまんでにげたそうだ。マッチョバキーがハラカータことはいうまでもない。

そのマッチョバキーは、毎月、朔日《ついたち》には寺のまえの道をとおって先祖の墓まいりにいくのじゃったそうだ。そのまえの日、師匠に、

「マッチョバキーが言《ゆ》おり申したど。師匠さんは申し分なかよか人じゃばって、もうすこし鼻が高かればなあ、と。あした、師匠さん、マッチョバキーが寺の木戸《きど》（門口）をとおり申すよ」

いよいよ、あした。師匠と小僧たちが寺のまえの道にでていると、マッチョバキーがきれいに着かざってやってきたそうだ。そのとき、師匠がでていって、自分の鼻をつまみあげて高くみせようとしながら、

「これは、これは、みごとなバキイ女《じょ》よ」

と鼻声でいったそうだ。すると、マッチョバキーは、

「いかな、師匠さん。どん（私）の裾がくさかちゅうて、鼻をつままんでも。そこまで匂うちゃこんじゃろが」といって、カンカンにおこったそうだ。それっきり、二人の仲はさかれたそうじゃ。

・尻の日干し

師匠がお経をよんでいるときに、小僧が、

「師匠さん、手洗《ちょうず》いにいかんばじゃから紙をくれ」というと、師匠は、

「その辺にあるものを何《なん》でももっていってぬぐわんか」といわれたそうだ。すると、小僧は、「はーい。わかり申した」というて、そばにあったお経本をやぶって、手洗《ちょうず》いにいったそうだ。いつもそうしたそうだ。

あるとき、師匠が、「あのお経の本をしらんか」というたそうだ。小僧は、

「え、あのお経の本なら、師匠さんが何《なん》でも使わんかというて、手洗《ちょうず》いに使い申したときに」というたそうだ。すると、師匠が、

「この罰《ばち》かぶいが」といった。そして、

「こんどは、手洗《ちょうず》いには紙をつかうな」というた。

「そいじゃあ、何《なに》ょつかえばよかろうか」

「木をつかえ、木を」

師匠は木の葉っパのつもりでいうたが、小僧は、「はーい」というと、ふとか木をきってきて手洗《ちょうず》いの穴にたててておいた。

すると、夜、そこにやってきた師匠は、それにまたがろうとして、ふとか木でキンをついてしもたちゅうわ。

「あいたたた、たた。小僧、こい。お前《まや》は、どうしたわけか、こら」

としかられたそうだ。すると、小僧は、

「師匠さんな、木をつかえ、木をといわれ申したときに」

「なに、お前《われ》は。こいじゃいかん。竹ベラをつかえ、竹ベラを」

「はーい、わかり申した」

そのあくる晩、師匠が手洗《ちょうず》いにいっところが、細長い竹ベラが何本か立っていてそれがバーンとはねて、顔からどこから糞まみれになったそうだ。師匠は、また、カンカンにおこって、

「おい、小僧、お前《わごう》は、紙も木も竹もつこうな」

「はーい、じゃあ、なんて拭《のご》うのですか」

「何もつこうな」

「はーい」

その翌日、朝日が上っても小僧はみえない。

「小僧、小僧」とよんだが、へんじはない。

「小僧のやつ、どこにいったか」といって、師匠は寺じゅうをさがしたが見あたらない。そこで本堂のそとをみたら、小僧は、朝日のあたるところに逆《さか》しんまーになって、尻を打《う》ちだしていた。

「おい、こら、小僧。そらぁ、何《なん》のまねか。お前《まや》はふとどきなやつじゃ。茶もわかさんじぃ、飯も仕込《しこ》わんじぃ、何《なに》しおっとか」

と師匠がしかると、小僧は、逆《さか》しんまーのままこたえたそうだ。

「木や竹や紙を法度《はっと》(禁止の命令)とするからは、拭《のご》わん尻の日干しなりけり」

尻の日干し

③歌詠《うたよ》み

・鈴を題に歌詠み

寺子屋に、漁師《りょうし》の子一人、商人の子一人、武士の子一人の三人が、てなんで（いっしょに）いったそうじゃ。すると、先生がおられて、むかえたそうな。みると、先生の帯には可愛い鈴が一つさがっていた。生徒たちは、くちぐちに、

「先生、その鈴をわたしにください」というたそうだ。先生は、

「うーん。これは一つしかない鈴じゃからだれにくれようもなか。それでは明日《あした》、自分の身にふさわしい歌をつくってきなさい。一番よかった者にあげよう」といわれたちゅうわ。

みんな、「はい」といった。

そのあくる日、先生が、

「お前たちは歌を詠《よ》んできたか。じゃあ、漁師《りょうし》の子からいえ」と。

そこで、漁師の子が、

「リンリンと小反《こぞ》りに反った小鰯魚《こいわしいお》、ジャコをくろうて腹はぷちりん」と詠むと、商人の子は、

「リンリンと小反りに反ったる小斤両《こきんりょう》（秤《はかり》）、一斤二斤掛けて取るリン」と詠み、武士の子は、

「リンリンと小反りに反ったる小脇差、仇《かたき》の首は前にころりん」と詠んだそうだ。

先生は、とんと感心して、だれにくれることもできず、

「いやあ、皆よくできた。この鈴はいっときあずかっておいて、そのうち二つ買って三つになしてから、皆に一つずつあげよう」

といわれたそうだ。

・姉と妹の歌詠み

あるところに、娘を二人もっている家があった。姉は先の腹の子で、妹は後《あと》の腹の子であったそうだ。姉はわざいか器量よしで、妹はあんまりよくなかったそうだ。

昔は、器量のよか娘は御殿《ごてん》に女中としてとられるものじゃった。そこのあとカカは姉にきびしくて、いつもボロ着物《ぎもん》をきせて、水をくませたり、風呂たきをさせたりしてこきつかい、世間にもださなかったそうだ。

あるとき、御殿から、「女中によか女子はおらんか」と見にやってきた。あとカカは、きれいに着かざった妹をだしてみせたそうな。そのとき、家来《けらい》は、皿に塩をのせ、それに姫小松をのせて、「これを歌に詠《よ》め」といったそうだ。そこで、妹は、

「皿の上に塩、塩の上に松」と詠んだそうだ。すると、板の間（台所）におった汚いすがたの姉が、「そうやなか」と

いうて、きちんとすわりなおして、

「皿や皿、皿ちゅう山に雪ふりて、雪を根として育つ松かな、と詠むもんじゃ」

とおしえたそうだ。

家来たちは、すぐさとって、「あの子をひっぱりだぁちぇみれ」というたそうだ。

あかるいところにだしてみると、ボロ着物《ぎもん》をきてはいるが、姉こそ器量よしであった。

「この子を御殿にいれよう。妹はのぞみはなか。仕度《したく》ばかりよーして」というたと。そしこの話じゃ。


浜田ナツさんのかたった徳田大兵衛《おーべー》の話は、鹿児島県内各地で話される笑い話で、日当山侏儒《ひなたやましゅじゅ》どんの話ともいいます。侏儒とは小人《こびと》のことです。日当山侏儒すなわち「徳田大兵衛」は本名で、ほんとうはオービョウエと読みます。大兵衛は、身のたけ三尺ぐらいの小人であったらしいが、三百数十年前の実在の人物で、今の霧島市日当山の地頭職であったといわれます。

しかし、頓智のきいた人物で、鹿児島の殿様をいいまかし、こまらせていたということです。殿様は、島津家第十八代の家久だといわれます。そのみごとな頓智ぶりを殿様はたいそう気にいっていたということです。

侏儒どんの頓智話はひじょうに多い。しかし、全国的な和尚と小僧話や一休さんの話なども、侏儒話にまぎれこみ、いっしょに話されている傾向もあります。

本稿に収録の「雀と鶏は親子」はみじかいけれどもおもしろい話です。「松の枝にさがる」「呑まねば話さん」もそれぞれ、頓智をきかせた笑い話です。

ところで、種子島では、寺の坊さんを師匠さんというのですが、「師匠と小僧」の話は、日本の昔話ではおおかた、「和尚と小僧」あるいは「一休さん」のテーマで話されます。

徳田大兵衛の話を三題、「師匠と小僧」の話を三題、「歌詠み」の話を二題かたった浜田ナツさんは、明治二十（一八八七）年のうまれで、おたずねしたときの昭和三十七（一九六二）年には、かぞえ年の七十六歳になっておられましたが、まだまだお元気そうでした。

ナツさんは、種子島の西之表市東町《ひがしまち》のうまれで、おたずねしたときは、伊集院町下谷口の官舎に、息子さんの浜田亮一さん夫妻とすんでおられました。

そのころ、種子島の中種子高校につとめていた筆者は、休日を利用して伊集院までおたずねしたのでしたが、たいそう、こころよくむかえてくださり、たくさんの昔話をつぎつぎにかたってくださったのでした。ここではその一部を紹介しました。

「師匠と小僧」の「ゾーシー（雑炊）の話」は、柳田国男著『日本昔話名彙《めいい》』には「和尚と小僧」の題で、にたような話がのっています。関敬吾著『日本昔話集成』にも、笑話篇に似た話が記録されています。また、種子島内でも、タイトルはおなじで、内容がすこしちがうゾーシー話が茎永の宮里重治さんによってかたられています。

このように、この雑炊昔話は日本各地で、その土地の方言で、しかも土地の状況にあったかたちでおもしろくかたられているのです。そして、ナツさんのゾーシーは、ナツさん独特のかたりです。

「花刺し碁」も名彙《めいい》にも集成にも類話があります。「新発意《しんぼち》と餅」という笑い話です。この話は、西之表中目《なかめ》の美座能就《みざよしなり》さんは、「新発意《しんぶち》と後家《ごけ》さん」のテーマで話してくださったことがあります。

昔話のかたりかたは、たとえおなじテーマでも人によってかたりかたがすこしずつちがうのです。美座さんの話とナツさんの話もやはり、すこしちがっていました。でも、内容のおもしろさはいっしょです。

「鼻をつまむ」も、名彙《めいい》にも集成にも類話が収録されています。「尻の日干し」はやんちゃで、頓智のきいた小僧のありさまが目にみえるようです。笑い話の極致といえましょう。それに一一二頁の永松美穂子先生の挿画がおもしろい。

「歌詠み」は「鈴を題に歌詠み」「姉と妹の歌詠み」とも題されて、おもしろい歌を詠む傑作な昔話です。これらの歌もすらすらといわれたナツさんの記憶力と話術にも感心させられます。また、「姉と妹の歌詠み」は名彙《めいい》、集成の両方にしるされ、「皿々山」となっています。

今回の昔話は、種子島の東町《ひがしまち》をえらんで紹介するものです。

島がちがうと方言もちがいます。また、生活も人情もすこしずつちがい、個性があります。昔話は、全国に分布するかたりものであり、おとぎ話です。また、笑い話であったりしますが、録音をもとに、忠実に再話した本稿をたのしんでいただければさいわいです。

八、種子島・中種子町《なかたねちょう》原之里、古市カメさん（訪問当時八十八歳）の話

①赤子のいが泣き

あったことかなかったことかしらんばっちぇか、なにが昔なー、ある所《とこれ》ぇ、狩人《かりうど》がおっちぇ、その人が狩山《かりやま》ぁ鹿《しし》とりーでかけたそうな。

一日中どしこ歩《あり》いちぇも、鹿《しし》ゃー目《めー》かからず、とうとう日がくれちぇ泊らんばじゃとおもうちぇなー、ふとか椎の木の根ぇいたちぇ、

「こうしちぇ鹿《しし》とりー来《き》申したばっちぇ、鹿《しし》ゃー目《めー》かからじー、日がくれ申しとう。今夜《こんにょう》一晩ぜひとも此処《こけー》に泊めちぇおくらり申せ」

ちゅうちぇ泊っちぇおったところが、よなか時分に、

「椎の木殿、いが泣き（産声《うぶごえ》）を聞きい行き申そう」

ちゅう声がしちぇ、今度《こんだー》は椎の木が、

「俺《おらー》は今夜《こんにょう》お客殿があるから行きいならんにゃ。お前ひとり行たちぇ来ちぇくれー」

というたてー、一時《いっとき》したいば、その神様が、

「いまじゃったや」ちゅう声がしたから、

「何《なん》ちゅういが泣きじゃったか」

と、きいたいば、

「男の子じぇ七ついなるときの元朝に、川のスズキの魚からくわるっというういが泣きじゃったや」

と、こたえたそうな。

狩人は、自分の家《いぇー》に、生れはせんじゃろうかと思《も》うちぇ、えも寝られず、夜の明くっとをまっていたそうな。

いよいよ夜が明けちぇ、世間が明《あこ》うなったとき、

「ありがとうござり申した」

と、椎の木にぃ礼《れー》をいうちぇ、家さなーもどってみたいば、あんのじゅう、男の子がうまれちぇったてー。

そいから七つぃなる間、忘れじーおっちぇ、いよいよ七つの元朝に体もきれいに洗うちぇ着物も着せちぇ、太か亭《てい》主柱《すばした》ぁ、ひもで後《うしろ》からくぶっちぇ、何処《どけ》ぇもやらじーおったける。

そしたいば、太《ふとっ》か婆《ばあ》が入っちぇきちぇ、

「何故《なしかー》、元朝にあそびーもやらじー、こがあな事《ことー》しちぇるか。婆さんがなー、解《てー》ちぇくるっから」

ちゅうちぇ上《あが》っちぇ来ちぇ、解《てー》ちぇ、手をひっぱっちぇつれちぇ行くところを、狩人があとから、かりまたの矢を弓ぃつがえちぇ婆《ばあ》の腰《こしょー》をすたっと射《う》ったとこいが、婆は子はうっちぇーちぇ、くらっと逃げたちゅうわ。

ところが血がすったん、すったん、たれちぇぃもんじゃから、鉈《なとー》を持っちぇ、その血をつとうちぇ行たところが、太《ふっと》か渕があったてー。

ところがその浅かところにスズキの魚が矢を射こまれたまま、のんぼりのんぼり、ばったんばったんしちぇるもんぢぇ、鉈《なた》ぢぇその首を切ったけりゃー。そしたいば、くりたんと返ったもんぢぇ、その矢も抜かじー、そのまま家さなーかたげちぇ来たちゅうわ。

そいから、ずーっと村の人を寄せちぇ大祝《おおいわー》をしたてー。

ところがその子は百まぢぇ生きらったげな。

九、種子島・中種子町竹屋野、鎌田マツさん（訪問当時八十九歳）の話

鎌田マツさん（明６年生。中種子町竹屋野。1958年、当時89歳）

①竜宮神の使い

昔ゃ（昔は）なー、若木というちぇ、割り木を園《その》（家わきの菜園）の入口ぃ三束《さんぞく》立てちぇ、その上《うえー》に、ユズリ葉、モロ葉、ウラジロ、橙《だーだー》なんどをのせちぇ祝うものじゃった。

昔、ある人が、家《うち》がならじー、若木を売っちぇ正月の物を買おうとおもうちぇ、歳の晩の二十九日ぃなっちぇから、若木を三束《さんぞく》かるうちぇ、売りー出らったちゅうわ。売っちぇ歩《あり》いちぇも人の後《あてー》になっちぇ、もう皆買うちぇ、何処《どこ》を歩《ありー》ちぇも、え売らんとよ。

そいぢぇ仕方無しー渚《なぎー》歩いちぇおったいば、木があんまり重かもんぢぇ、

「この木はもう竜宮神にあげ申すから」

というちぇ、かるうたまま海ぃ投《な》ん込《こ》うぢぇ家《うちー》にもどったいば、亀の魚が来ちぇ、

「竜宮神の使いぢぇ来たから、ぜひ一緒《いっしえー》行たちぇくれ」

ということじゃったてー。男《おとかー》は、海ぃ入れば着物も濡《ぬ》るっときにどうしよう、とおもうたばっちぇか、

「どうしちぇもいかんばじゃ」

ちゅうもんじぇ、気張《きば》っちぇ、亀の魚に乗っちぇ、竜宮世界にいかったちゅう。

いたち見たいば、竜宮神がとんと喜《よいこ》うじぇ、

「此処《こけー》にゃー、若木がなしい困っちぇおっとう。おかげさまで若木を立てー出来《でく》る。良《え》ぇ事《こたー》はあっちぇ」

ちゅうちぇ、たいへんなごちそうをしちぇから、

「若木をもろちぇうれしかから、ヤナジちゅう犬をくれよう。こん犬《いなあ》は飯を一升炊《たあ》ちぇ食わせーぱ銭《ぜによ》ぅ一升ひる犬じゃから、だいじぃせーや」

というちぇくれたちゅう。

竜宮世界からもどっちぇその男は、犬《いにぃ》に飯を一升炊《たぁ》てくわすれば銭《ぜにょう》を一升ひりしちぇ、そこのうちが、わざい（たいへん）ようなった。

そこぢぇ、隣《ねき》の人が、

「わん達《たち》や、まあまあ、わざい家《うち》がようなったときに、何故かい《なしかー》」

ときいたもんぢぇ、俺《おらぁ》はこうこうじゃっとう、というたいば、

「そん犬《いん》の、俺ぇ貸さんか」

ちゅうちぇ、犬《いん》の借りちぇ行たちゅう。

ねきの人は、一升炊ぁて食わせーば一升ひるから、一升五合炊ぁちぇ食わせーば一升五合ひったもねー、とおもうちぇ、一升五合食わしたいば、銭《ぜによ》ぅひるどころか、糞をひっちぇ死んだちゅうわ。

犬をもどさんもんじゃから行たてみたいば、

「わがあ犬《いん》な、俺《おい》が飯《めしょ》ぅ一升五合食わしたいば糞ひっちぇ死んでしもうとう。生《なま》きっさなか犬《いん》じゃ」

ちゅうたてー。男は、

「そらどうしたもんか、あよう、ごうらしなげー（かわいそうに）」

ちゅうち悔《く》やんだちゅう。そいから、

「犬《いん》な何処《どけー》やったか」

と聞いたれば、

「うっせちぇ、しもうとう」

と、こたえたそうな。

男はそん犬《いん》のうっせたところにいたちぇ、抱ぁちぇきちぇ、自分の園《そねー》に（菜園に）埋めちぇ、いっときしたいば木が生えちぇきたてー。

「こらまあ、何《な》っちゅう木じゃろうか」

と、男はたまがっちぇ、その木がどうしちぇ生《お》うったか掘っちぇ見たいば、犬《いん》の眼の玉から生《お》うっちぇおったけりゃー。

そん木は一年したれば、わざい太うなっちぇ橙《だーだー》がなったてー。

そいからまた、男は木の根を掘ってみたれば、犬の骨がでちぇきたもんぢぇ、そをば引きだあちぇ洗うちぇ、それを懐《ふっくらぁ》に入れちぇ、たっぱえた（まつった）そうな。

ある日、山のくりー行たちぇ、よーっとすわっちぇおったいば、ふとか鹿《しし》がとおりかかっちぇ、

「ヤナジほした」

ちゅうたいば、骨が飛び出あちぇ、鹿《しし》の目ん玉ぁ当っちぇ鹿《ししゃー》は死んぢぇしもうたちゅうわ。その鹿《ししょー》をかるうてもどったいば、またねきの人が来ちぇ、

「そん骨をば俺《おれー》にも貸あちぇくれ」

ちゅうちぇいうたちゅう。男はよっぽど心のよか人ぢぇ、
そん骨をばまた貸あたけりゃー。

ねきの人は喜《よいこ》うぢぇ山《やまー》行たいば鹿《ししょー》を目《めー》にかかっちぇ、

「ヤナジほした」

ちゅうたいば、自分のスネーあたったちゅう。そいぢぇ
腹ん切りわーちぇ、骨は焼きたくっちぇうっせたてー。

もとの男は骨を戻《もで》ーちぇくれんもんじゃから、

「おいがヤナジが骨はどうしたか」

と聞きい行たいば、

「え、あん骨かい、あんたあ、ヤナジほしたちゅうたいば、俺《おい》がスネー当りやったから、うっせてしもうとう」

とこたえたもんぢぇ。男はわざいなげぇちぇ、そしちぇ灰《はー》を集めちぇ埋めたいば、今度《こんだー》柳の木が生うっちぇ来たちゅう。

男はその柳の木をば、たっぱえちぇ、正月には橙《だーだー》も飾っちぇ、ヤナジの供養をしたちゅうわ。そいぢぇ、今も正月には、柳の木の枝《えだー》に団子をさーちぇかざっちぇ、そしちぇ橙《だーだー》もそなゆるもんじゃそうな。

以上の八、九は、中種子町の方言による昔話でした。「そして」は「そしちぇ」などとなっています。

十、種子島・南種子町本村《みなみたねちょうほんむら》、山田蔵太郎さん（訪問当時七十八歳）の話

①金のめしがあ

昔、昔、あるところにたいへん貧乏な男がおりました。

「こらまあ、神様におまいりしちぇ、お祈りせーば、なにかまあ幸福なよかことがあるかもしれん」

とおもって、毎朝お参りしていたそうです。

ところがある朝、神様のお庭に金のめしがあ（しゃもじ）が落ちていました。

「こら、よかもんがあえちょったもんじゃ」と、
さっそく拾って牧場を横切ってかえりおったところが、馬が何匹か男のそばに走り寄ってきましたので、

「何《なにょう》をすっか」

とどなりながらおもわず、めしがあで馬のケツを突っついたのです。すると、馬のお尻が、

「ひょうごぱっぱん、すっぱんぱん
ひょうごぱっぱん、すっぱんぱん
ひょうごぱっぱん、すっぱんぱん」

と、あとからあとから鳴って、馬は尻をあげて、ひひん、

ひひーんと、悲鳴をあげてどんどん駆けていきました。

やがて男が牧場の門口にくると、さっきの馬がまだ鳴らせながら男のそばにかけて来ました。そこで今度はめしがあの柄のほうで、ちゅっと、馬の尻を突いてみたところが、いちだんとおおきく、

「すっぱんぱーん」

という音がして、それっきり音がすたりんと止まってしまいました。

「よか物をひろうた。俺《おい》がこいで、まじなあをしちぇ歩かんばじゃ」

といって家にもどりました。そして妻に、

「こういうよか物を拾うとう。ぴかぴかの金のめしがあじゃ、ほら」

といってみせました。おとこはうれしくてたまりません。さっそく近所の人たちにも自慢してみせました。そして、たちまち村中へ知れわたり、それから村から村へと大評判になりました。

ところがある国の殿様は、お姫様が病気で医者にかかっても、ちっともよくならず、寝たっきりでした。そこで易者をよんで占ってもらったら、

「ある村に金のめしがあを持った男がおり申すときに、その男を呼んで見てもろうたならば、癒《なお》りはし申すまいか」

ということでした。さっそく家来たちが手分けして
「金のめしがあを持った者を知らんか」

と探しまわりました。やがて見つけ出して御殿につれて行きました。

男はお姫様のそばにすわって、神妙に両手をあわせて祈ってから、めしがあで胸をさし、腹をさし、そして尻後《しんご》のほうにさすっていきましたところが、お姫様のお尻が急に、

「ひょうごぱっぱん、すっぱんぱん
ひょうごぱっぱん、すっぱんぱん
ひょうごぱっぱん、すっぱんぱん」

と、いきおいよく鳴りだしましたので、殿様はじめ一座の人たちはびっくり仰天、

「こらまあ、どうしたことか」

と、顔を見合わせ、目をパチクリしました。

そこで男が落ち着いていいました。

「もういっとき待っちぇおじゃんせ。やがっちぇ止まり申すから」

しばらくして男はめしがあの柄をさしこみました。すると、

「すっぱんぱーん」

と、すごい音がして、それっきりぴたっとやんでしまい

ました。

そして、お姫様の病気はすっかりなおってしまいました。殿様のよろこびようはたいへんなものです。

「礼はいくらでもするが、いくらほど欲しかか」

「いや、もう、お礼は主《しゅう》さまのおくらり申す程《ほーさ》でようござり申す、はい」

やがて、高膳一杯に大判小判のお金を山盛りして持ってきて男にくれたそうです。

それで、男は一代をりっぱに暮らして行かれましたちゅうわー。げなげな。

十一、種子島・中種子町竹屋野、鎌田末次《すえじ》さん（訪問当時六十九歳）の話

①蟻《あり》の宮城《みやじょう》

むかし、むかし。

魚のかつぎ売りの男がおりました。あるとき、大雨がふったので崖の下に立っていたら、水がどんどん道にながれてきて、いっぴきの蟻がいまにもながされそうになって、じたばたしていました。男がにない木をそっとわたしてやりますと、アリはそれをつたわって崖のほうにいき、たすかりました。

あくる日。男がそこをとおりかかりますと、みたこともない大男がたちふさがっていて、

「昨日はアリをたすけてくれちぇ、ありがとうござり申した。今日はお礼をし申すからいっしょにまいり申そう」

といいます。

「どこさな行くか」

「これさなおじゃり申せ」

こういって大男は先に立って案内しました。そして崖の下の小さなメンドー（穴）をさして、

「これさな行き申そう」

というのです。魚売りの男はびっくりして、

「こがあなメンドーにどうしちぇ入らるっか」

といいますと、大男は、

「それじゃいっとき、目をつむっちぇたもれ」

といいました。しばらくして目をあけてみますと、急にあたりのようすがかわってきれいな野原になっていて、いろとりどりの美しい花が咲きみだれ、すばらしいいい匂いがしてきます。向うにはピカピカの光る城がみえています。

「あれはどこの城か」

「あれはアリの宮城《みやじょう》でござり申す」

そして、たちまちのうちにアリの宮城につきました。す

昔話を聞く子ども達。鎌田末次さんは子ども達に面白くやさしく語りかける。1967年、種子島、中種子町竹屋野公民館の庭で

ると、たいへんなごちそうをこしらえてアリたちがまっていました。おいしいごちそうをたべながら美しいアリ姫たちの舞いを見物しました。

やがてアリの女王さまが、

「昨日はアリの命をたすけてくれてありがとう。これをお前にさしあげ申す」

といって、絹の着物の片袖《かたそで》を入れた小函《こばこ》をくれました。

「これからはお前はなんぎせんじーようござり申す。この片袖を振ったらなんでもおもう物がでてくるのじゃ。しかし、人にはこれをぜったいにみせんように。もしみせたらでんようになり申すから」

さて、男は我家《わがや》にかえってからは、魚売りはしないでもよいでした。銭も着物も食べ物も、アリの宮城でもらった絹の片袖を振ればいつでもでてきましたから。

そして、竹のあばら屋もきれいな大きな家になりました。

しかし男はそのわけはけっして妻にもいいませんでした。

ところがある日、男の留守のとき、妻が小函《こばこ》に気づいてあけてみると、女の絹の着物の片袖が入っていました。妻は料理屋の女の着物と早合点して、それを焼いてしまいました。ところがその火がたちまち家に燃え移って何もかも焼けてしまいました。そこに男がかえってきました。

「家は焼けてしもうとう、ちょっしもうた。なっとすればよかかなあ」

すると男は落ち着いたものです。

「よかよか。小函《こばこ》は出したろうが」

「いや、小函《こばけ》ぇ真っ先ぃ火がついとう」

これをきいて男の顔色がさっとかわりました。

「ちょっしもうた。無か袖は振られん」

といって、なげきましたげな。

それで今も、「無か袖は振られん」というのだそうな。

以上、八～十一は種子島の中種子、南種子の四篇でした。

これは、話者の話を忠実に写したものです。

前の二篇は種子島の方言のまま記しましたが、あとの二篇は会話だけ方言にしました。

筆者としては前の二篇は、古い伝承を秘めていて特におもしろいと思います。一例を挙げると、「竜宮神の使い」で、骨を洗ってたっぱえる（まつる）所がありますが、これは洗骨のふうをおもわせて興味深い。そして、この話者がなんのためらいもなくこの部分を話してくれたのも、種子島にいまも残る「骨洗い」の言葉とともに注意をひくものがあります（骨洗いは、お祝いの座で、吸物椀のふたに魚骨をのせて焼酎を注いで飲むこと）。

「竜宮神の使い」の、若木を園にたてる風習は、以前竹屋野にあったといいます。「蟻の宮城」は異郷譚《いきょうたん》ですが、視覚的で色彩に富んでいて、話のはこびがうまくできているので筆者の好きな話です。なお、異郷譚として、ネズミの浄土の話も種子島でも語られています。

十二、鹿児島郡三島村黒島（大里）、宮田吉平《きっぺい》さん（明治初年生）の話

①坊主《ぼうず》どんの極楽《ごくらく》まいり

昔、坊主どんが、「おれももう年よりになったから、極楽まいりにいってみよう」とおもうて、いきょったとこいが、とちゅうで魚《いを》うりにでおうたち。魚うりが、

「和尚さんな、どけぇ、いっきゃすか」

ちゅうたなら、坊主どんは、

「もうおれもよか歳じゃっで、極楽まいりをしようとおもうていきょうらぁ」ちゅうたち。ほしたなら、

「そんなら、あたいも、ともをさしてたもはんか」ちゅうたなら、

「うーん、ともはさすいこたぁさすいが、お前《まや》その魚《いを》をどうすいか」ちゅうたち。ほしたなら、

「もう、極楽まいりというに、魚《いを》どこいのことか」ちゅて、その魚を道端《みちばた》にぶわっとやって、失《うっ》せたちぃもさあ。

そいからまたいきょうったとこいが、塩ういどんにおうたち。ほしたなら、塩ういどんも、

「どけいっきゃっとこいじゃろうかぃ」ち、いやったちも

んで。

「もう歳もよか歳じゃから、極楽まいりぃいきょうらぁ」ちゅうたら、

「あー、そんなら、おいもともをさして給《たも》はんか」ち、いうたちもんで、

「そら、ともはさすいこたぁさすいが、お前《まや》ぁ、その塩はどうするか」ち、いうたら、

「まあ塩ぁ、極楽からもどってきてから売っとじゃ」ちゅて、そんたあ、上ん山ぇきれいにかくしちょったちなあ。

そしてまあ、三人でいきょうったとこいが、もう日暮れぇもなるし、

「どっかこのへんに、村でもあって人でもおらんかなあ」ちゅていきょうったとこいが、松ン木山ンなかぁ、灯《ひ》がちらちらするこっじぇ、そいから、

「あそけぇにゃあ、人がおる、あら。こんやはあすけぇ宿をかろうわい」

ちゅていきょうったなら、むじょうか嫁女《よめじょ》（かわいい娘）がおったちぃもさあ。

そいから、

「宿をかしたもはんか」ちゅたら、

「はい、はい」ちゅて、そん、こころよく宿をかしたち。

そしてその晩は、そけぇ宿をかっちぇ、三人は昼の疲《だ》れですぐねむってしもたちゅわ。

そしてあした、たっていくことになったら、その嫁じょがいうには、

「坊さんな、若い衆《わっかし》を二人つれちぇるが、一人をこけぇ、居《え》ーちぇくれんか」

ちゅうこっじぇ、そいからそん魚《いを》うりと塩うりの二人にいうたとこいじぇ、

「魚《いを》うい、わごう（お前）おらんか」

ちゅうたら、

「いやあ、わたしゃあ、おまえ（あなた）のいくところまでは、どこまじぇもいっしょにいかんならん」ちゅうとこいで、

「塩うり、わやおらんか」ちゅうたら、

「わしがおりもうそう」ちゅて、そけぇおったち。

そしてそこを発《た》つときぃ、嫁女《よめじょ》が、

「一晩たったら、また、よってくれぇ」ちゅうとこいじゃ。

坊主どんは、

「バカ、わりゃあ。極楽まいりしちぇ、ここさなもどってくる話があいか」ちゅておもうちゃおったが、そんたいわんじぃ、

「んー。またもどいにゃあ、よろうわい」

ちゅて、いたちゅう。

とこいが、いっときしてふりかえってみたら、嫁女は大蛇《だいじゃ》になって、塩ういをぐるぐるまいてかみだしたそうじゃ。

「うんにゃ、これは、これは」

二人は、魂消《たまげ》てしもて、さきをいそいだちゅわ。

そして、いきょうったとこいが、高《た》っか岩のがけにさしかかったち。そしたら、坊主どんが、

「ここをばあがらんなならんが、わや、あがいがないか」ちゅたなら、

「はい。わたしゃあ、和尚さんがあがっちぇから、どこじぇもついてあがりもす」ちゅて、魚《いを》うりどんがいうことじゃったち。

「そんなら、おいがヘットコマカセちゅてとぶから、わいもヘットコマカセちゅてとべね」ちゅたら、

「ハイ」ちゅたち。そしたら坊主どんが、

「ヘットコマカセ」ちゅてとうだたっちゅで。そいでその魚うりどんも、

「ヘットコマカセ」ちゅうてとうだなら、ただいま（すぐに）その岩の上にあがったちゅわい。

そしたなら、その岩の上はとてもきれいな処《とこ》じゃったちゅなあ。

そしたや、そん坊主どんが笠《かさ》をうっちぇーちぇ（おきわすれて）きたちゅうとこいで、

「魚《いを》うい、わや、とりぃきばらんか」ちゅうたや、

「はい」ちゅうてから、「またあがっちぇきがなろうかい」ちゅたや、

「んー、あがっちぇ、きはなる」ちゅたち。そして、「この帯をつとうてさがっていけばよか。そしてもどるときは、この扇を狙《ねろ》うて、ひょっと跳べば、いっき上がっちぇくっで」ちゅてやったちわ。

そして魚うりがおりてみたなら、その笠は死んだ者《もん》が二人じぇ、にぎっちぇ、とりゃぁならんじゃったちゅうわ。魚《いを》うりがあがっちぇきて、

「笠はもう、死んだ者《もん》が二人じぇにぎりしめちぇ、とりゃぁ、ならんじゃった」ちゅたや、

「えー、あら、おれが体とわれん（おまえの）体のぬけがらじゃった。われわれはもう世間の人間ではない。あそこの体は、われわれが素抜けてきた殻じゃ。こけぇあがっちょいわれわれは、魂じゃ」ちゅたち。

坊主どんと魚《いを》ういは、そこからあるいて七里ガ浜をとおったち。七里ガ浜は、もう、なかなかきれいな所《とこい》じぇ、波もザァーちくるばっちぇ、しずかなよか所《とこい》じゃったち。

そしちぇ、そこをいけばさきは千里の川じゃ。そこはまたきれいな所《とこい》じぇ、七つから下のこどもたちがおっちぇ、

あそびょうったちもさあ。

とこいが、そこに赤鬼、青鬼がやってきちぇ、子供をつかまえてかもうとする。そんときは、子供たちはそこに番をしている地蔵どんにさわれば、鬼たちはちかづきゃぁならんたっちもさあ。

そしちぇ、そん坊主どんが懐《ふところ》から扇をとりだしちぇ、「いのりの船よ、いのりの船よ」ち言《ゆ》てまねいたところが、とてもきれいな船がやってきたちゅ。

その船は弥勒《みろく》の船ちいうふねじゃったち。三味《しゃみ》を弾《ひ》きょうっとこもあれば、太鼓《たいこ》をたたきょうっとこもある。歌をうとところもあれば、踊りを踊りょうっとこいもある船じゃったち。

坊主どんと魚《いを》うぃどんは、その船にのっちぇ、極楽まじぇいたちいいもさあ。

まあ、こんたぁ、こしこでおわり。


これはたいへん貴重な昔話です。まず、記録年代がふるいこと。この話は、昭和三十九（一九六四）年一月二十七日、黒島大里の宮田吉平《きっぺい》さん（当時八十余歳）が大里弁でかたった昔話で、録音したのはじつは大里中学校におつとめの日高豊治氏です。

日高氏は大里のご出身で、録音してあったのを、その年に渡島した筆者に提供《ていきょう》してくれたのです。他人のかたから録音テープをもらったのは最初にして最後で、話者の吉平氏と日高氏のご両人に心から感謝したい。

そしてこの話は、日高氏を目の前にして話しているので、大里方言とはいっても、「申《も》す」と敬語の表現が一部はいっています。

この極楽まいりの話は、さいごに弥勒《みろく》の船がでてきて、たいへんおめでたい話になっています。苦難の娑婆《しゃば》世界をいきた者がいきつく弥勒の世への悲願がこもっています。

録音のまま、そのままの文字にしたのですが、宮田吉平さんの話のうまさと記憶力、かたりのよさに敬服します。

②ヒーグワッチョウ

昔、ある夫婦がおって、子が一人おったどん、そん子が十八ぃなったばって、もう後《あて》ぇにゃ子がおらんこっじぇ、そいから、おやじどんが、

「もうこら、息子も十八ぃなったばってか、後《あて》ぇにゃ、子もおらんで、まあ、ちっとはやかろうばってか、嫁さんのとったならば、孫ん子もはようできて、家内《やうっ》もにぎやかぁなって、よかろう」と、十八の嫁さんをとってくれたてや。

とこいが、けんかをしたちゅうでもなかばってか、その嫁さんがはっちぇい行《い》き、そいからまた二十《はたち》のとき、嫁さ

ヒーグヮッチョウ

んのとっちぇくれたとこいが、そいも、けんかをしたごともなかったばっちぇ、またもう、はっちぇい行《い》ったて。そいからもう、いっこう嫁さんの話がまとまらんこっじぇ、そいからおやじがいうには、

「もう、嫁さんをこら、二人もとったばっちぇか、まとまらんじぇ、今度《こんだ》ぁ、お前が勝手にどっからじぇもつれて来《け》ぇ」ちゅて。

とこいが、そんとないにぃ、縁むすびの神があって、そん神さまへ願《ぐゎん》をたつれば、まあ、たいがいまではまとまっちぇ、縁がむすばるっちゅうことじぇ、そん息子も願をたてて、そいから六日《むいか》まいりしたばっちぇか、もう何《なん》じゃい、猫ん子もみらん、犬《いん》の子もみらん。

そいからまあ、「今日は七日《なんか》や。七日《なんか》まいりばしょうか」とおもうて、そしていきょうたところが、一の鳥居にさしかかったや、みちばたにこまか（ちいさい）虫がほうちぇいきょうこっじぇ、それをひろうていきおったら、また棒片《ぼうきれ》が落《あ》えちょって、よくみたらメシガー（しゃもじ）じゃったので、そいもひろうていっこっじゃったち。

そして、二の鳥居にさしかかったとこいが、犬《いん》がでてきて、そいがもうほえるこっじぇ、そいもつかみさがい、つかみさがいしてほえるこっじぇ、

「わりゃー」ちゅて、そん犬《いん》のケツをたたぁたとこいが、犬《いん》のケツが、

「ヒーグヮッチョウ、ヒーグヮッチョウ、ヒルヒー、ヒルヒー」となるこっじぇ、もうそうすればその犬《いん》がなお魂消《たまが》っちぇ、もう、つかみさがい、つかみさがいしちぇ、ほゆるこっじゃったて。

そいからもう、しかたなしぃ、ぬし（息子）がもっちょったメシガーで、ケツをなでたら、ぴたっととまったちゅうもんで。

そいから、そけぇまあ、しばらくおっちぇみるばっちぇ、もう何《なん》じゃい、人間の気《け》もみらん。

そいからまたさがってきて、また一の鳥居をとおっていきおったとこいが、そけぇもうりっぱな女子《おなご》が、馬ん上ぇのってやってきおったちゅうもんで、「よし」とおもうて、そいが尻を一つたたぁてみたとこいじゃ。

そしたとこいが、その女子《おなご》のケツがもう、

「ヒーグヮッチョウ、ヒーグヮッチョウ、ヒルヒー、ヒルヒー」ちゅてなるこっじゃったて。そしたいば、もう、その女子は神さまおまいりどこいじゃのうして、家《うち》ぃもどったそうじゃ。

そしたや、そん息子もちょっと心配《しんぱい》になって、みえかくれしながらあとをつけていったそうじゃ。

とこいが、そん女子の家はりっぱなかまえで、女子がも

どると家の人たちは、そうどうしたちゅでや。

そして医者をよんでみても、女子のケツの音はとまらん。

やっぱい、

「ヒーグヮッチョウ、ヒーグヮッチョウ、ヒルヒー、ヒルヒー」と、くりかえしなるばかりじぇ、もう、みんなそうどうするばっかいじゃちゅで。

そいからまぁ、息子がそん家ぇいたて、

「娘じょの病気なおしは、わたしがしてあげもすが、なおしがでくれば娘じょをわたしの嫁御《よめご》にくれんか」ちゅうとこいじゃ。

すると、家の人が、「そらあ、おまえがこれをとめちぇくるれば、嫁にくるっどこいじゃなか」ちゅうとこいじゃ。

そいじぇ、息子は娘の所《ところ》ぇいたて、メシガーをとりだして娘のケツをなでたら、そいでもう、ぴちゃっと音がとまったちゅうもんでや。

そいじぇそら、そん男は、そんりっぱな女子を嫁さんにもろうちぇ、よか世を暮らぁたたっちゅもさあ。も、そしこ。

この話は、黒島大里で、宮田吉平《きっぺい》さんの語る屁ひり話です。屁ひり話は、屁ひり嫁が屁で柿の実をおとす話や屁ひり爺の話など、いろいろあります。吉平さんがかたる屁ひり話もおもしろいですね。この話も、録音のまま、そのまま文字化したものです。吉平さんの方言語りはすばらしいですね。

十三、鹿児島県十島村《としまむら》（トカラ列島）悪石島《あくせきじま》、坂元新熊さん（明治十八年生）の話

①オーバン竿《ざお》

昔、あるところに金満家の家があって、奉公人を何人もつかっておったそうじゃ。

ある年のトシの晩に、その家から一の奉公人の家につかいがきた。「親父が死んだので、葬式をせねばならないが、加勢にきてくれ」と。

一の奉公人は、「それは加勢したいとはおもうが、こんやはだいじなトシの晩じゃから、すぐはいかれん」

というたそうだ。そこで、つかいの者は二の奉公人の家へいって、

「親父が死んだので、葬式をせねばならないが、加勢にきてくれ」

といったところが、二の奉公人は、

「そらぁ、トシの晩どころじゃなか。すぐ加勢にいこう」

といって、裏山のほそながい木を二本きって、

「ホーコギ（朸木《おーこぎ》。両はしのとがったにない棒）をもってきもした」

といってさしだしたそうだ。そのホーコギは棺桶のにない棒にするのだ。

金満家の家にいってみると、葬式はなくて、みんな座敷でごちそうをたべて祝うておったそうだ。

そこの親父さんは、一の奉公人も二の奉公人も家がまずしくてくるしそうだから、わざとよんで土産《みやげ》などもたせようとおもうたのであった。

そして、ごちそうしてから親父が、

「せっかくきてくれたので、大根と魚を土産にかついでかえってくれ」

といったそうだ。そして二の奉公人がもってきたホーコギの両端に、大根と魚を何本もさげさせてもどしたそうだ。

家にもどって、よくみたところが、大根や魚にまじって大判《おおばん》もあったそうだ。

二の奉公人は、ありがたくいただいて、それから毎年、正月前になると、ホーコギに大根や魚をさげて、台所の壁につるして祝うたそうだ。それで、その竿をオーバン竿というう。

これがひろまって、どの家でも正月まえには、オーバン竿をさげるようになったということじゃ。

この話は、昭和四十（一九六五）年八月三日、悪石島の坂元新熊さん（明治十八年生）からきいてノートしたものです。新熊さんは当時八十歳でしたが、元気で、その日は竹細工をしながら話してくれました。また、新熊さんは悪石島のいろいろな民俗についてくわしく、すぐれた伝承者でした。

このオーバン竿の話は、大判に由来するおもしろい民間説話ですが、歴史的には室町時代の足利将軍の正月祝い膳の黄幡《おーばん》かざりに由来するといわれます。

②榊《さかき》の精と七つ子の命

昔、ある猟師が山に狩りにいったそうだ。ところが狩に夢中で、いつのまにか夕暮れになったので、山にとまることにしたそうだ。

そして、森のなかのおおきな榊の木の根元にねたそうだ。しばらくしたら、声がしてきた。

「おーい、榊さん、榊さん」とよんでいるので、耳をすますと、かたりかけているのは隣りのおおきな楠の木で、その精であるようだ。

「はーい、なんじゃろかい」

「じつはなあ、榊さん、下の村でこんやはお産がはじまるので、いっしょにみにいかんか」

楠の木の精がこういうと、榊の精は、

「おれもいきたいが、今夜はだいじなお客さんをあずかっておるのでいかれん。あんた、ぜひいってきなさい」といったそうだ。

それから、猟師はしばらくねむっていると、また声がしてきたそうだ。

「榊の精さん、いまじゃった。村にいってきましたよ」

「お産はどうじゃったか。ぶじにうまれたか」

「うん。ぶじに、よか男の子がうまれた。しかし、その子は、七つになるとき、川口の磯ん子（河童）からとられる運命の子で、可哀想な子だ」

「それは、可哀想じゃな」

木の精同士のこの話をきいた猟師は、心配になった。村にのこしたカカさんも腹太《はらぶと》であったからだ。

それで、猟師は夜あけをまっていそいで家へかえっていったそうだ。

「今じゃった」

といって、戸をあけると、ほんとに男の子がうまれていた。猟師は、カカさんに、山できいたことを話し、こうこうであったとうちあけたそうだ。

そして、二人の親はその子をだいじにそだてたそうだ。

「七つまでは神の子であるが、七つをすぎると人間の子になるので、この境い目があぶない、用心しないといけない」と昔からきいていたそうだ。

その男の子の七つの誕生日がちかづいて、二人の親はしんぱいしていろいろかたりあい、「なんとか、磯ん子にとられんようにしよう」とねごうのであった。

ところが、いよいよ、七つの誕生日のこと、こどもたちがガヤガヤというて大勢やってきて、

「おい、舟浮かしにいこう」というたそうだ。カカさんは、その子の誕生日の祝いに、いろいろごちそうをこしらえていたそうだ。

大勢の者と舟浮かしにいくのであれば、まあ、よかろうと、両親はおもって、その息子をおくりだしたそうだ。

そのとき、カカさんは、ごちそうをいっぱいもたせてやったそうだ。川口にいきつくと、こどもたちはガヤガヤといいながら、息子のもってきたごちそうにむらがり、みんなでくいはじめたそうだ。こどもたちはみんな磯ん子（河童《がらっぱ》）であった。

すると、その磯ん子たちの親分があらわれていったそうだ。

「人間の子は七つまでは神の子といわれるようだが、今日

榊《さかき》の精と七つ子の命

はこの子の七つの誕生日。これを境《さかい》にこの子の命はもろうつもりじゃった。しかし、この子の親たちはこんなごちそうをたくさんつくってもたせた。これではこの子の命は狙《ねら》えない。家にもどしてやれ」

それで、息子はたすかり、ぶじに両親のもとにかえったそうだ。そして百までいきたそうじゃ。


この話は、悪石島の古老坂元新熊さんが夏のあつい日、木蔭で竹細工をしながら話してくださった話の一つですが、にたような話が全国でかたられていました。

それは、昔話の分類のなかで、「運命の期待」という分野で、そのなかの「産神問答《さんしんもんどう》」に属するものです。トカラの悪石島ではこんなぐあいにかたられていました。

第五章　奄美《あまみ》の昔話から

一、大島郡宇検村阿室《うけんそんあむろ》、泰田《やすだ》友市さん（明治三十五年生）のケンムン話、ほか

①イザトバナレの灯《ひ》

わたしはわかいときは、イカつりがすきでなあ、月夜になると、すこしぐらい波があらくてもでかけようりましたよ。

そんなとき、イザトバナレ（枝手久島《えだてくじま》）の沖をまわっておると、電灯のひかりのようなものがたくさんひかっているのですよ。イザトバナレのきしの岩のうえになあ。あれは人間じゃない、船でもない。ケンムンじゃなあ。

天気の夜はイカが十斤《きん》も二十斤《きん》もとれるのですが、しけてくると、ひとつかふたつしかあがらないこともあるのですよ。

②椎の実ひろいと犬

わたしたちの祖母の時代までは、畑はもちろん、田んぼまでもサトーキビがうえてあったそうですよ。しかも、自分のキビでつくった砂糖をなめることもできなかったそうですよ。

そのころは稲があまりつくれないので、たべものがなく、くるしい生活をしていたそうです。それで、山にいって椎《しい》の実をひろって、それをたいてたべていましたね。椎の実ひろいはわたしのわかいころもよくやっていましたよ。

たべものがすくない昔は、椎の実をひろって俵に何俵もいれておいて、よくたべたものです。

椎の実ひろいは、旧暦の九、十月ごろ、湯湾岳の山ンなかにとまって、ひろうもんでしたよ。その時期はもう山のなかはさむいので、たき火をして、それをかこんであたたまり、山のなかにとまり、翌日、椎の実をティルいっぱいいれ、そのうえに俵をのせてせおってもどったもんです。

山ンなかにとまるときは、小川のそばに場所をとるんですよ。たべものをつくるのに水がいりますからね。そこに火をたいて、ねるときはそのたき火をかこんでねたのですよ。

あるとき、そうしてねていると、おおきないっぴきの犬があらわれて小川にはいって水をあび、そしてたき火のところにきて、体をぶるぶるっとふるわして火をけそうとしたそうですよ。

それをみていた人は、もうおそろしくてだまってみておったそうですがね。犬は、ときどきやってきては、よあけまでそうしたそうですが、火はきえなかったそうです。

阿室《あむろ》の八月踊り。アシャゲ（祭りをする家）と公民館にかこまれたミャー（斎庭《いみには》）で夜明かしに踊る人びと（1999年９月17日、シバサシの早朝）

あとで、その犬はケンムンじゃなかったかとかたりあったそうです。ケンムンは、ところによってはヤギやネコ、ブタにもなってでるそうですよ。ヤギのなきごえがするのは、すぐちかくにケンムンがきているしょうこであり、ホ、ホーイとなくのはとおくにいるのだそうです。

あるときは、ある人がケンムンに目をさされたといって、目がしろくなっていましたよ。その人は、その目をなおすために、あるひ、山のおおきな木のそばにいって、その木のまわりをひだりまわりに七回まわって、ひだりの手にもった斧《おの》で木にきりつけていましたね。そのとき、なにか呪文《じゅもん》をとなえてね。

③家づくりとケンムン

昔はなあ、じぶんの家をつくるには、男の人たちがいっしょになって、材木は、湯湾の奥山にいってきりだし、一カ年は山において、二カ年目に山からおろしてきて、昔づくりのおおきな家をつくっておりましたとや。

このさきに、つくってからもう八十年になるというふるい家があるんですがね。その材木とりに、手つだいのひとびとが山にとまっているとき、ちょうど女の子みたいなものがやってきて、ひとりの人の目を押したそうですよ。

すると、その人は、「目がいたい、いたい」とおらんで、なきさけぶのですね。それで人びとは、松明《たいまつ》をつけて山をおり、ちかくの石原集落にいったそうですよ。

そして、ホウホウなあ、それはホゾン（ユタ、祈りや占いをする人、主に女性）のことですよ。そのホウホウは大島語でチューマジニョイ（チューまじない）ともいってなあ、そのユタがみの人がなにかいってまじないをかけ、息をふきかけるのですよ。それでなおるのですね。

ホウホウには男も女もいるが、石原のホウホウは男だったそうですよ。そのホウホウは、たのまれると、瓶《びん》をもって川にいき、瓶のくちを川しもにむけて水をいれてもってかえり、それで体をふかせることもしたそうですよ。

④間切相撲《まぎいずもう》

この宇検村のあるシマ（集落）のユカリッチュ（昔からつづく家がらのよい家）のところではたらくヤンチュ（家人《やんちゅ》、使用人）がいたそうですよ。

それはわたしのウフーフーシュ（ひいじいさん）のころといいますから、今から百七十年もまえ（享和《きょうわ》元年、一八〇一年）の話ですね。

昔は、なになに村《そん》というのを、なになに間切《まぎい》といいましてね。この宇検村《そん》は焼内《やけうち》間切といい、それもかんたんにヤーチマギイといっていましたよ。

その百七十年もまえのころ、間切相撲が名瀬であって、そのヤーチマギイからも相撲のつよいひとりのヤンチュがいったそうですが、もうひとりつよい相撲とりが竜郷《たつごう》からやってきたそうですよ。その人は赤坂という人で、体がおおきく力がつよかったといいます。

さあ、相撲がはじまって、つぎつぎにとり、やがてこのふたりがとる番になったそうです。

ところが、ヤーチマギイの相撲とりは、おおきなドンブリをもって、「これにいっぱい焼酎をついでくれ」といったそうです。それをぐっとひといきにのむと、「もういっぱいくれ」といったらしい。それで、「あんまりおおすぎるのじゃない」というと、「いや、もういっぱいのみたい」といって、それものみほして土俵にあがったそうですよ。

そして、竜郷の赤坂という相撲とりとくみあったところが、赤坂のつよいちからがまわしにかかって、ヤーチマギイの人のまわしをひきちぎってしまったそうですよ。

すると、こちらはもう金玉もなにもうちだしてしもたけれども、どこもつかむところがなくて、とうとうヤーチマギイがかったそうですよ。

そしてまた、二番相撲で、このふたりがとりくんだそうです。こんどは、ヤーチマギイがむこうの大男のまわしを、「えいっ」と、ちからいっぱいつかんでひいたところが、むこうの金玉をはさんでしもうて、いたいので「まいった」といって、また、かったということです。

そして、かった人もまけた人も、四斗いりの米俵を一俵ずつくれたそうですよ。お祝いのハナですね。

ところが、竜郷の赤坂は、かた手で米俵をもちあげて、「ヤイヤ、ヤイヤ」といったそうです。すると、こっちのヤーチ代表は力がたりないので、両手で米俵をさしあげて、「ヤイヤ、ヤイヤ」といったそうです。

⑤スブニつくり

ヤーチ代表の男は、相撲にかってヤーチ（焼内《やけうち》）にもどってからも、ユカリッチュの家のしごとをするヤンチュとしてはたらいていたそうです。

ところがあるとき、山のおおきな木をきってスブニ（瀬舟、丸木舟）をつくることになって、山のなかにとまったそうですよ。すると、夜半《よなか》になにかやってきて、「相撲をとろうか」というたそうです。ヤーチ代表の相撲とりのその男は、「これは人間じゃない。ケンムンだ」とおもったので、だまっていたら、やがていなくなったということです。

これらの話は、うちのウフンマ（おばあさん）から、子どものころにきいた話です。子どものころにきいた話は、わるいことをしたり、よいことをしたりするいろんな話は、いまでもわすれられませんね。

⑥ヘダンジェロとシゲマス

奄美が沖縄の支配下にあったころ、それは琉球時代の話ですがね。この宇検間切《まぎり》の平田《へだ》のシマ（集落）に、ヘダンジェロという人がすんでいたそうですよ。

ヘダンジェロは、琉球からつかわされた役人で、大島の人たちの税をとって、それを沖縄へおくる役目の人であったらしいですね。

ところが、ヘダンジェロは、平田《へだ》で家内《かない》もとって、税金をつかってゆたかにくらしておったそうですよ。ヘダンジェロは沖縄からやってきている侍《さむらい》の親分だったのですね。

平田《へだ》のはずれにシゲマスというひとりの男がすんでいたそうですが、シゲマスはたいへんな力もちであったらしい。

あるとき、ヘダンジェロが平田《へだ》をとおってすこしさきにあるスゲンマタというひろいたんぼを見まわりにいきおったところが、シゲマスがたちふさがったそうです。

「おまえはじゃまだ、どけ」というてもうごきません。ヘダンジェロはつれていた犬を「シッ、シッ」といってけしかけ、シゲマスをおそわせたそうです。

しかし、大力《だいりき》のシゲマスは、犬の口をつかみ、上アゴと下アゴをひきさいて、なげつけたそうです。

これには、さすがのヘダンジェロもおどろいて、「そんなにせんでも」といったままだまったそうです。

それからというもの、琉球役人のヘダンジェロは、ゆたかにみのるスゲンマタのたんぼの見まわりにはいけなくなったそうですよ。そこで、しかたなく、平田《へだ》の上をまわりみちする小道をつくらせて、やっとスゲンマタへいけるようにしたそうです。これは、とおい琉球時代の話でした。

⑦マッタブとビラモンジョ

あのう、あか色とくろ色のまじったマッタブという蛇がいますよ。その蛇に小便でもひっかけるとばけてでてくるといわれます。それが女にばけるとべっぴんになってあらわれ、男にばけると美男子《びだんし》になってでてくるそうです。

わたしが二十七歳のとき、八十六歳になる婆《ばあ》ちゃんが話したのですが、ある女のひとがマッタブに小便をひっかけたところが、夜になってその人がかねてすきな男の人にばけて家のなかへはいってきたそうですよ。

そして、あくる晩も次の晩もやってきたそうです。夜、いっしょにねておって、女の人がその男の背中に手をやったところが、鱗《うろこ》みたいなものがカサカサしていたそうですよ。そこで、あしたになってから、その女のひとはばあさんにきいてみたそうです。

そしたら、ばあさんは、「それはどうもあやしいから、こんやきたら、その鱗《うろこ》のあいだに針をさしこみ、針にはながい糸をつけておきなさい」

といったそうです。

そして夜になって、女の人がやってきた男にそのようにしたら、朝、めがさめると男はいなくなって、赤い糸がずっとつづいていたそうです。

その糸のあとをたどっていったら、川ぶちの石垣のなかにはいってしまっていたそうです。

そのことをばあさんにいうたら、ばあさんは、

「その糸をひいていった人は、人間じゃない、マッタブじゃ。あんたは、マッタブの子をはらんでいるかもしれんから、ビラモンジョ（ニラの酢味噌《すみそ》あえ）と麦めしをいっしょにたべなさい」

とおしえたそうです。女の人がビラモンジョと麦めしをたべたところが、うじゃうじゃおりものがして、マッタブの子がたくさんでてきたそうですよ。

それで、四月の浜下《はまう》りのときには、家族みんな、浜にでて一日をたのしくすごしますが、女の子はこの日、ビラモンジョと麦めしをかならずたべることになっています。

二、奄美《あまみ》・加計呂麻島《かけろまじま》のケンムン話・妖怪変異《ようかいへんい》と伝説・昔話

①ケンムン話

ケンムンと老女……老女が二人、武名《たけな》と木慈《きじ》の間のテクバラから木慈へのかえりみち、おかっぱの子が前からやってきた。ばあさんは、自分の末っ子がむかえにきたかと話しつつあるいた。ところが、ちかくまできたとき、ヒンマバルという山へのぼっていった。それをみて二人のばあさんは、こわくなって我先ににげかえった。

「ははァ、あれがケンムンというものじゃな」といいながら、ヨマグレ（夕暮れ）の中を逃げ帰った。（木慈、穂積真義《ほずみしんぎ》、七十歳）

　ケンムンと格闘した話……以前の実久《さねく》村長が助役時代のこと、彼は軍隊がえりで気分がよくて元気であった。あるとき、馬にのって嘉入《かにゅう》から武名《たけな》へかえっていった。そのとちゅうのディクーというところにさしかかった。彼は飲んでいた。ところが右がわの岩の上に毛を頭にたれさげたケンムンがすわっていた。そこで、ケンムンをよびだして格闘になった。ケンムンの頭にある皿をわればよい、ということをきいていたので、皿をわった。勝った。しかし、ケンムンがわっとないたら、何千、何万のケンムンがあつまってくるといわれる。それで、なかせるまではせずに、また、馬にのって武名へかえっていった。ところが、その晩から高熱がでて何日もねこんでしまったという。有名な話であった。（嘉入、俵《たわら》直道、四十七歳）

　ケンムンがかゆをたべた話……戦時中のこと、一反歩《いったんぶ》も占めるような大木があった。空襲をさけるため、その木の下に疎開した。ところが、かゆをたいておくと、いつのまにか減るのだった。「ちゃん、ちゃん。ちゃん、ちゃん」とたべる音まできこえた。それが三日もつづいた。ケンムンかもわからん。もしかしたら猫かもわからん。

（嘉入、加藤前松、六十七歳）

　ヤドカリにおどろく……三十五年ほど前、おじが芋をとってかえりみち、ケンムン木（ガジュマルの木）の下をとおるとき、なにかおちてきた。おじはケンムンが石をなげたとおもった。おどろいて芋の入ったザルはおとして、顔色をかえてはしりさった。ところが、それはヤドカリが上からおちたものだったらしい。（嘉入、加島正喜、四十五歳）

　山のケンムン……戦時中、ある夫婦が山に疎開した。やがて敗戦になったので、人びとは部落におりたが、その夫婦は金はなく、いつまでもヤドリ（山の仮屋《かりや》）にすんでいた。

冬になり、木をくべて暖をとり、やがてふとんをかぶって寝た。ところが夜一時か二時ごろに人がきてものをいう声がした。ふしぎやなぁ、と、夫が頭をおこしてみると、山のケンムンが丸はだかで、こどもみたいなかっこうで、ふたりきて火をぬくんでいた。これを妻にいうと気絶《きぜつ》でもするとおもってだまっていて、「はてな、ふしぎじゃ。どこから入ったのだろう」とおもって、あたりをみまわしてもすきまはなかった。それでも、あくる日は穴はないかと家中をみまわしていると、妻が、「なんであんたは、穴はあいていないのに、穴をふさぐつもりか」といった。

「なんでもないが、山のなかの家はきれいにしなければならないよ」

翌日も、ケンムンは同じ時間に二匹やってきた。そして火にあたっていた。それでも家内にはいわなかった。三日目の晩もきたので、いよいよおどろいて声をだしたら家内もおきた。

「もうこんなところに、いつまでもいても……」

ということで、つぎの朝ははやく山をおり、古仁屋に家さがしにいった。さいわいに安い家があった。

その人たちが疎開していた山は、古仁屋と阿木名の間の山であった。ところでケンムンは、海に七日間、山に七日間すんでいるといわれる。（嘉入、川畑竜一、七十歳）

ケンムンの起源……ケンムンは南洋の先のジャワ島からはじまったものだそうだ。つまりジャワ島はケンムンの祖先の地で、これまで一億六千万年たつという。そのあいだに、このへん（奄美）までさがってきたそうだ。このへんまできたときは、陸《おか》にあがることを人びとがゆるさず、海の瀬ならよろしいということで、そこで海の瀬にいると、タコがきてまきつくので、そこにおれずに「また陸《おか》においてくださいませんか」とたのんだ。そして「山の木で、あんた方が使用しない木があったら、それにやどらして下さい」といった。すると、ある人が、「そんなら、ガジュマルの木なら、人間があまり使用しないのでよかろう」といった。それからガジュマルにケンムンがつくようになった。

それで、人びとは今にいたるまで、ガジュマルにはケンムンがついているといって、手はかけないことになっている。ガジュマルにやどれといった人には、あとでケンムンがお礼をしたそうだ。（嘉入、田原元積《もとせき》、八十歳）

ケンムンと魚の目と貝殻……弟が魚とりにいったとき、よくとれてふしぎだった。ところがとれた魚はどれも目が一つなかった。そんな場合、ケンムンが目をとってたべたのだという。ケンムンは貝もたべる。それでケンムン木のそばには貝殻がたくさんある。（嘉入、田原元積、八十歳）

ケンムン木をしばること……私はカセバルというところ

に水車をもっていた。ところがその水車は、ケンムン木のところをとおる樋《とい》をつくっていたのでケンムンにこわされた。やがて修繕した。そのころ、となり部落の人が魚をたくさんとってもってきた。その魚を持って水車のある砂糖製造小屋にいき、川の水をのんだら、急に熱をだし病気になってたいへんな目にあった。そのときは須古茂《すこも》にいた鍛冶屋の人が夫婦で看病してなおしてくれた。

その後、搾《しぼ》り機を水車の代わりに馬でまわした。ところが、夜になるとケンムンがくるので焼きすてたのである。水車はケンムンがくるので焼きすてたのである。ところが、夜になるとケンムンがきて馬にいたずらをした。その証拠に馬にムチムチした粘液がついていた。そんなときは、馬は人間をよせつけないのである。この解決策は、ケンムンがついている木だとおもう木を綱でしばることだ。すると、「おまえのために、わたしは、手足をくびられておる。はやく馬のきげんをなおしてくれ」と、ケンムン同士の話があるそうだ。こんなふうにして、ケンムンのすることは、どうにでもふせぐことはできると父から聞いた。（嘉入、田原元積、八十歳）

ケンムンににた子……その家は、野菜などつくるには便利のよいところだったが、そこまでいく道がわるかった。その家のうしろに水たまりがあって、そこの娘はあついときにはすぐそれに入って浴びた。ところがまだ十歳にもならぬ娘なのに、おなかが大きくなった。不思議なことじゃねーといっているうちに、お産をした。ところがうまれた子がケンムンによくにていた。ていねいにそだててみると、猫かなにかみたいに、家の周囲をまわっていた。

その家に野菜がいくらできても不便なので人びとは買いにいかなかったのであるが、女たちはその赤子をみたいから遠方からでも野菜を買いにきた。それで家計がよくなったそうだ。（嘉入、田原元積、八十歳）

ケンムンとヤンハツ……ある男が、家内は明日かあさっては、お産をするというころ、晩にあかりをつけてタコとりにいった。潮がひくまで海岸にねていると枕元にケンムンがふたりきて、

「いま、あんた、どこへいったか」

「いま、お産があったから、ヤンハツをさしてきた」

「おまえはなんといってヤンハツをさしたか」

「はたちになったら、どこどこの部落からこの子をもらいにくるから、そのとき、むこのところにいくとき、大雨がふって大きな木の下に雨宿りするから、そのとき山をくずしてころせ、といった」

これをきいた男はびっくりして、家内のことが心配になった。そこで、タコはとらずに家にかえってみると、女の子がうまれていた。

「よし、ケンムンの話は忘れないぞ」

男はこう決心した。さて、娘が二十歳になったら、あんのじょう、もらいにきた。いよいよ結婚の日、父は大そう心配した。そのときは父でなく、親戚《しんせき》が送っていくことになっていた。

「今日は、かならずわたしが途中までおくっていこう」

父はこういったが、

「父がおくることはありがたいが、昔からそうしないから」とことわられた。それでも、父はとちゅうまでついていった。やがて大雨がふりだし、娘は大木の下に入ろうとした。そのとき、父が「いやいや、木の下に入るな。ぬれてもかまわんから」と、娘をひっぱりだした。そのとき、山がごーっとくずれた。娘はたすかった。「これで安心」といって、父はかえっていった。

このようにケンムンは、ヤンハツというのをさすという。それで赤子がうまれたらすぐ、ケンムンがヤンハツをさすまえに、男の子なら、女の子、と反対にいい、百歳までといって、火箸で字をかくものだ。（嘉入、川畑竜一、七十歳）

ケンムンは、赤子が産声《うぶごえ》をあげると、人よりはやくやってきて、自分がおもうことをじろ（火代《ひじろ》、いろり）に火ばしをさしていう。これをヤンハツという。そして塩を五合でもたべる。そこで赤子の父親は、「モモートードー、モモートードー」（百歳まで、百歳まで）といって、ケンムンよりさきに、つまり赤子の産声よりまえにじろに火ばしをささねばならない。（嘉入、田原元積、八十歳）

この話は、昔話とケンムン譚《たん》がむすびついたもので、本土でもよくきかれる樹霊《じゅれい》と産声《うぶごえ》の話です。右はいかにも奄美らしい展開のしかたで、興味ぶかいです。

男でも女でも子が生まれると、見舞いの人は、「ハゴ、ウマレッグヮシー」といいます。ハゴは不器量《ぶきりょう》。ウマレッグヮシーは、生まれてきた、の意。きれいな子はケンムンにさらわれるので、逆にいうのだということです。

生まれたらすぐ、産湯《うぶゆ》をつかうまえに、産婆がかまどの墨を顔につけます。これもケンムンより先に、運命をさされんように、親が先にやるという意味だそうです。

キセルがなくなった話……皆があつまってあそんでいた。ところがキセルが見つからない。「誰がとったか」「ケンムンがとった」ということになった。（嘉入、田原元積、八十歳）

ケンムンの足音と骨の話……自分はケンムンにはあまり関心がなかったが、ある日、夜なかの二時半ごろ、人のあるくような足音がした。兄もいたが、ぜんぜん信用してくれなかった。そこで兄と、ねている場所を交替した。まもなく足音がしたと兄もみとめた。しかし、正体をみなければケンムンであるかどうかわからないので、外へでてみた。すがたはみえない。しばらくしてまた、足音がした。こんどは石ころを投げる音もしたので、これはたしかに人じゃなくて化けものだ、とおもった。そしてやっぱり、世のなかには化けものがいないとはいえないものだ、と話しあった。

あとで考えてみたら、そこは、塩釜の下のほうで、ダイナマイトで死んだ兵隊を火葬して埋めたところだった。

別な日、そこで塩釜をとりつけるために穴をほったら、小ザルいっぱいの骨がでた。それをひろい、「しごとをしますからあっちへいってください」といって、蘇鉄の根元にやった。ところが家にかえると、そこにいっていた二人とも寒気がして頭痛がした。神信仰をしていた母が、「なにかあったのじゃないか」と、手でさわったら、ぜんぜん熱がない。そこでわけを話した。さて、はじめに骨をみつけたとき、兄が「その骨を海にすてよ」といったが、弟のわたしは山の蘇鉄のところへ捨てた。じつは、兄が捨てよといった気性が弟へもおよんだものだったらしい。易神にカザ（運気見、祈り）をしてもらい、シオバレもしてもらったら、翌朝はなおった。（嘉入、加島正喜、四十五歳）

兄の気性がたたるという生き霊《りょう》のたたりが見られる話です。

ケンムンがにげた話……昔はケンムンが多かった。花富《けとみ》というところに金《かね》次郎という人がいた。ところが、金次郎の土地に二畝半《ふたせはん》ばかり、ケンムンがじゃまして何もつくれないところがあった。ある日、金次郎は、木をたくさんきって枯らし、ケンムンがすんでいるガズモイ（ガジュマル）の木の下にならべて、火をつけた。ところがガズモイの枝から、また、枝と葉が出て、それをつたってケンムンは山の頂上にのぼった。

「金次郎が火事をおこしたから、部落の人は皆、消しにきてくれー」

とさけんだ。しかし、部落の人たちは、誰もいかなかった。そこでケンムンは、

「ここにはおられんから、花富から俵《ひょう》の先の大瀬を越えてジャワに行く。金次郎」

といって、いってしまったという。（嘉入、田原元積、八十歳）

ケンムンが木にかかりだした理由……どうしてケンムンが

木にかかる（依《よ》る）ようになったか、というと、あるところに、神の子の兄弟が何人かいた。そのうちひとりは先ず水神になれ、もう一人は鍛冶屋になれといってから、のこりのもう一人には、

「お前はいうことをきかんから海の神になれ」

といった。そこで海にでたら、どうも気にいらない。それで親におねがいして岩の上においてもらったが、そこも波が打ってくるので、どうもいけん。そこでまた親にたのんでみたら、

「では、お前は人のつかわない木にかかるように」

とのこと。それからガジュマルという木に宿をとるようになった。

ところがその神様（ケンムン）は、正月七日間は普通の神といっしょに天にのぼるのである。それからまた川に七日、木に七日というぐあいに、七日交替で回っているという。それで、もし、ガジュマルの木をきるのであったら、正月七日の間にきれば、ケンムンがいないから、罪はないという。（嘉入、俵直道、四十七歳）

ケンムンの罰……木をきるとき、とおりかけている人が声をかけた場合、その声をかけた人に罰《ばち》がくるという。それは、きることをしっていておしえなかったからだというのだ。きっている人はだまってきるので、その人には罰はこない。

また枝の一本か二本のこしてきると、その枝にかかるので、罰はこないともいう。

ケンムンがたたったら、顔面神経痛みたいになる。それを「目を抜かした」という。じつは木の汁が目にかかってはれたりするので、そんなときははらいごとなどしてなおした。（嘉入、俵直道、四十七歳）

大漁《たいりょう》のとき、ケンムンをはずす方法……旧暦の十、十一月ごろ、晩に潮がひいたとき、漁《りょう》にいく。そのとき、ケンムンといったら大漁であるという。

「おーい、相棒、あいぼう」

と、友人同士よびあう。しかし、友人の名をいってはならない。また返事もしてはならない。魚でも貝でも、いっぱいとれたら、タコはとれなくても、

「ほれ、ミッタコじゃが」

とさけんで、うしろに何かなげると、そのはずみにケンムンはほずれる。そしてあともみずにかえれという。（嘉入、俵直道、四十七歳）

ケンムンをよびだす……与路島《よろじま》から嘉入《かにゅう》にきている人の話に、その人のじいさんはすぐケンムンを口でよびだして子供などにみせていた、という。（嘉入、俵直道、四十七歳）

ケンムンのいたずら……砂糖をたくとき、ケンムンがいたずらをするとよくない砂糖ができる。そんな砂糖をトーザタという。じっさいは石灰が不足してあんな砂糖になる。（嘉入、俵直道、四十七歳）

ケンムンから殺された話……ある人が、塩をたいた。ところが、ケンムンがはだかになって、ひざをたてて、塩をたく窯のまえに二、三びきやってきた。そしてじゃまになるので、どけどけといったがどかんので、タバコに火をつけてなげつけたら、のいたが、すぐまたくるので、石ころをなげておどした。

しかしその人はこわくなって部落へかえったところが、そのあとから、ケンムンが姿をけしてたましいだけになって、追ってきた。それから風呂をあびて飯をたべた。ところが、ケンムンが首をしめた。口からヨダレをたらしながら「ケンムンだ、ケンムンだ」とさけんで死んだ。そこでその人を墓地にうめてかえってきたら、そのあいだに、娘がおなじ症状になっていた。そこでケンムンにやられたということで、はらいをして命をとりとめた。（嘉入にて＝語り手多数、以下同じ）

ケンムンのつく木……ケンムンがつくような木は、ホホギやガジュマルのように、枝が下にさがって向いている木である。またカシの大木や石の上にはえている大木にもつく、という。（嘉入にて）

牛がケンムンにいたずらされた話……ヤンマの田の横にちいさい木があった。その木に牛をくくっておいたら、ケンムンがいたずらして、ひっぱりまわし、周囲は泥だらけで牛はへとへとになっていた。（嘉入、俵直道、四十七歳）

ケンムン話は、六十歳代より上の人は真剣に話し、ケンムンをおそれますが、四十歳代以下の人は半信半疑です。わかい連中は信用せず、火をみても燐《りん》の火かホタルだろうくらい、ということです。（嘉入にて）

②妖怪変異《ようかいへんい》および伝説

モーレイ……海で死んだ人をモーレイという。モーレイの指にはアカリがつく。その光で、船頭のカジをとられ、霊の力にひっぱられる。それで、そのアカリよりさきに、舟にあかりをつけねばならない。（嘉入にて）

幽霊船……嘉入《かにゅう》丸が鹿児島から南下してくるとき、竹島沖で、汽船みたいなものがきた。そこで船頭がカジを大きくきったら、きった方向におおきな岩があった。（嘉入にて）

イザトコの話……宇検村のイザトバナレという小島に、イザトコという墓地がある。その小島には田がある。ハブも多い。そのイザトコに火の玉がよくかようという話があった。テンマ（伝馬船）がはいるような洞窟も海辺もある。ある日、小舟を仕立てて、何人かの人（与路島《よろじま》の人）が、ごちそうをもって、イザトコの墓へいった。ちょうどいた人たちにごちそうもした。そのヨロの人たちは、棺をあけて、そのまま舟にのって、沖へ立ち去った。ところがそれはヨロの人たちのモーレイであったらしい。というのは、ヨロ島のモーレイがその洞窟に出入りするという話を、あとできいたのである。（嘉入、田原元積、八十歳）

白い灯……魚つりにいったイタツケ舟が、帆をつけて、三人のって、かえってくるとちゅう、雨がすこしシトシトとふる晩、白い灯があちこちにみえた。舟の左右にみえた。そして舟をゆさぶるのだった。そして帆をおろそうとしてもなかなかおろせなかった。木崎という岬のちかくにきて、底がみえるくらいのところ（六〜七尋）にきたとたんに、その火がなくなった。（木慈にて）

定規《じょうぎ》持ち神様……ミャー（庭、広場）にあるアシャゲとトネヤを七、八年に一回、葺《ふ》きがえするときは「定規持ち神様」が定規をもってこられて柱にピシーッとあててはかった。その神様の姿がみえていた。（木慈、穂積真義、七十歳）

神バチ……五十年も前、薩川部落であったという話。ある男が、「神さまというものがおるもんか、おったら正体をつかまえよう」といって、木にのぼってワナをしかけた。そうしたら男はやがて病気になって死んだ。神バチで死んだ、と人びとはうわさしあった。その妻の夢に、「自分は死んでもゴショにもいけず苦労している。魂が宙にういている。自分みたいなバカなことをするな」と男の霊がいった、という。その子孫もさかえていない。（木慈にて）

木慈《きじ》のオボツ山の木がきられた話……十年ほどまえ、徳之島の男が木慈に養子にきていた。その男が、家の「戸走り」用に、オボツ山の木を二本きった。さてその木をきったときのこと。オボツ山にはりっぱな木が何本もたっていた。一本はきりたおし、一本は半分きって他の木にもたせてあった。その二、三日後、ノロとその夫が、二人でシモゴエをかついで、神道から上の畑へのぼった。ノロは、じつは穂積真義氏の妻のチヨさん、その夫とは、真義氏であった。チヨさんが先にあるいた。ところがどうしたことか、チヨさんはカンミチにさしかかると、急に足が立たない、といいだした。真義氏はそんなことがあるものかと、うしろからおしあげながらやっと畑にいき、こやしをやって家にかえった。すると、イガミの池田ナベ婆さんが、「そんなコヤシなんかかつぐときじゃない。はやくこい、神木《かみき》がきられている、はやくはやく」

と、せきたてたところが、チヨさんの足が急になおって、山へいそいでいってみた。
ほんとうにオボツ山の木がきられていた。そして、その日、木慈部落の女が一人、急にはきくだし、ついで区長の妻もはきくだした。そこでムラのカミニンジョウ（神役たち）が古仁屋のユタにきいたら、「オボツ山の木をきったたたりだ、すでに部落内に病気が入っている、はやくハライをしなければたいへんなことになる」という神の言葉。それでユタをつれてきてハライをした。
カミニンジョウが、木をきった男をつれてきて、「おまえは一本の木をきって、もう一本をきるとき、涙がでてきてきれなかっただろうが」というと、「そうだそうだ」とうなづいて頭はあがらなかった。「おまえはあたらしい家に入っても病気になり、片足まで上げているようになるが、それでよいか」ということだったので、男は、ユタにはらいをしてもらい、木は山にかえした。それで、そのときはぶじにすんだが、四、五年後、その男は痛くもないのに衰弱して死んだ。医者にもかかったが、病因はわからなかった。（木慈、穂積真義、七十歳）
神山のたたり……これは瀬武《せたけ》での話。ユミン岳のふもと（そこは「神山」で高千穂神社がある）の木をきってたたった人がある。その人は、鹿児島からきた人であるが、木をきったら衰弱して死亡した。
ユミン岳には、十三本のコバの木がある。しかし、けわしく、地元の人はそこにはのぼらない。毎年一回、ユミン岳のほうから、大きな木がたおれる音がするという。（木慈、穂積真義、七十歳）
カンミチの芭蕉……七、八年まえのこと、木慈の重村繁氏（俵小学校教頭）が熱病にかかって二カ月ほど苦労したことがある。そのとき、医者にいったら熱さましをくれた。それをのむあいだは熱がひくが、そのうちまた熱がしてくるというありさまで、しだいに衰弱した。
ある日、トネヤ（刀彌屋《とねや》）のグジヌシュ（宮司主《ぐじぬし》）をしている叔父が、ふしぎな音を耳にした。家の上のカンミチ（神道）の芭蕉をゆさぶる音がした。重村氏が格子の高窓からのぞくと、芭蕉は平静であった。
次の日、重村氏のばあさんは古仁屋のユタのところへいった。ばあさんはカミニンジョウであった。ユタがいうには、「カンミチを芭蕉がしげってふさいでいる。そのための病気である」と。そこでばあさんは、「何もわからん孫がじゃまをしてすみませんでした」とわび、芭蕉のつっかい棒をのけたら、しだいに熱がとれていった。（木慈にて）
のろわれた家……昔、部落をまわって易判断する人が嘉入にきて、酒ずきなので自分で一日酒を作っていた。ところが、宿の主人が酒をのまない人で、迷惑がって足でけりこぼした。それからというもの、その宿の家はのろいがきて、子や孫がつぎつぎに死ぬという不幸がつづいた。（嘉入、俵直道、四十七歳）

テラ山……嘉入のテラ山（風邪ひきの流行が入ってこないようにするため、勧請《かんじょう》した湯湾岳の神をまつってあるという）の松の木は嘉納家の八十四歳になる人の祖父がうえたものらしい。それで百五十年から百六十年ぐらいになる松である。（嘉入、俵直道、四十七歳）

ユタのたたり……三浦のカムンチョという人は、ユタを密告してユタは牢《ろう》に入れられた。ところがそのたたりがきて、その人は妻を馬とまちがえて切りつけた。そして子供たちは口のきけない者や不具者が生まれ、一人者が多いということだ。（嘉入、俵直道、四十七歳）

今里の話……嘉入の今里のユカリッチュ（由緒人、奄美貴族）がヤンチュ（使用人）をいじめて、ヤンチュは死んでしまった。その罰で大阪にいる一人娘は腰が立たない。

祖先がいじめた罰は子や孫にくる、親をいじめたらその罰はすぐくる、神さまをいじめたら三年後にくる、という。（嘉入にて）

モーレイの話……戦前のこと。婆さんがいた。よく、こわがる人で、サルワカレというところで、自分で石をなげたり、声をだしてオーオーとさけんでは、気が狂ったようになって、後も見ないでにげていた。

もう一つの話。雨の日、男がマキとりにいった。その人も度胸のない人だった。ところが、だれかがクルダンド節を鳩がなくような声でうたっていた。そのあたりはモーレイがきて水を使うといわれているところだった。雨のふる日にモーレイがでるというが、ちょうど雨がふっていた。あ、モレッグヮだ、男はそうおもいこんでマキはとらずにかえった。ところが、その歌はじつは歌ではなくて、竹やぶの音であった。（嘉入、俵直道、四十七歳）

庚申《かねさる》の神か……もとは瀬武から古仁屋へ買物にいくものだった。古仁屋がえりの人が、クワとオノの刃物を買ってかえりおった。昔、ヤンチュが死んだという場所にさしかかった。そこに、山鳥が木の実をくうて、その実が下におちてきた。そのうちおおきい松の枝がきれておちてきた。その松にはヤンチュの霊がでるといわれていた。そのとき向こうの嘉入から、瀬武へ用事のある人がやってきたが、おたがいは気づかなかった。その人は、向こうからクヮリン、クヮリン、というカネの音がするのに、びっくりした。十月の庚申《かねさる》のときは、神様がカネをならして海に魚とりにゆくといわれていた。神様は、山の峰づたいに海にいき、黒だいの一種をとりにいくともいわれていた。それで、その神様ではないかとおもった。ところが、そんなときは、ふつうの人は道の上のほうをとおらねばならないものだが、両方とも上にいくものじゃから、たがいに気づいて、やっと胸をなでおろしたという。クヮリン、クヮリン、という音は、古仁屋がえりの人のクワとオノが当たる音だった。（嘉入、俵直道、四十七歳）

　インマオウ……死のまえじらせとしてインマオウが死人のちかくにくるという。おおきい犬のかたちでしっぽをまいて、ちいさい川などみがるにとびこす。そんなのがでるといわれるところはとおらない。インマオウは、死人を一年もまえから、その床によびにくるという。インマオウはエンマ王か。（嘉入、俵直道、四十七歳。傍点は俵氏説）

　マブリが出た話……沖縄の人の死体が漂着したのをうめてあるところがある。そこでは小雨《こさめ》のふる晩など、三味や太鼓の音がきこえた。ある日、その墓のところから人影がはしってきて、アイターとさけんだ。人びとはおどろいた。マブリがでたとさわいだ。その影は海のほうへいってきえた。（嘉入、嘉納ヤエ、六十歳）

　二十八夜の神様……わたしが七歳のとき、母と二十八夜の月をおがみに海岸にいった。かえるとき、橋をわたり、門口のところで、上から下まで真白い足のないものがいた。びっくりしてなにもいわなかった。ところが神道《かんみち》にきたらきえた。わたしは家にかけこんで、母にきいた。

「あれをみたか」

「あれは神さまだ。あんなとき、ものをいうものじゃない」

母はこうこたえた。（嘉入、嘉納ヤエ、六十歳）

　神にさそわれた話……昭和七、八年ごろ、母よりきいた話。ある日、おばが神にさそわれて高い滝の上にいって、夜中にすわっていたことがある。それもちょっとふみはずせばおちるところで、親戚中の人がさがしてやっとさがしあてた。滝はオチルミズという名の滝。ところが何日かして、また、おばは、こんどは、ずっと奥のシリューゴーというところの岩穴にいった。人間がやっと入れるほどのところ。嘉入の神山の裏にある。このときも夜中にでていった。ところがおばのあるく道は、本人には大きな道に見えるそうだ。岩穴で髪をながくたらし、くしをさし、その奥に入っていた。そこで弟が穴に入っていき、だましてひっぱり出してきた。

　それからも、ながいこと神にさそわれて、飯はたべず、神さまに上げるシューキ（シトギ、白い米の粉の団子）をなめていた。そこで潮に入って体をきよめ、名瀬の易者にみせたら、「あんたは、何代目かの先祖の神をおがみなさい」といった。その神を親神さまとしておがんだら、おち

ついてりっぱな人間になった、ときいている。（嘉入、嘉納オトミ）

アヤナギを食べるノロ……ハブをアヤナギという。大昔、婆さんがおおきな岩にいった。そのとき、七人の神信仰をしている人をつれていって、自分はアヤナギの頭を生でいただき、他の人には七片《ななきれ》にきったのをわけてたべさせた。ところがこのことは本人たちは目がさめたら一つもおぼえていなかったが、神がかりになったとき、いったのでわかった。神様がいわせたのである。その婆さんはとても威の高いノロ神であった。（嘉入、加島正幸）

③昔話

ケンムンと娘の運命……十二月ごろ、晩に潮干狩りにいく。あるとき、潮まちしていて海岸でウツウツしていた。その人は、波うちぎわによせている木を枕にねていた。その木はケンムンの枕木であった。そこでケンムンの話し声がしてきた。

「今晩うまれる子は、男か女か、女の子であったら、嫁入りするときは他部落に嫁入りするようになる。その際、大雨が降って、木の下にかくれる。そのとき、石垣もろとも木がくずれてきて、その娘は一命をすてるヤンヒャー（運命）である」

これを聞いたその人は、「ああ、自分の妻が産前だが」とおもってかえってみると、女の子がうまれていた。その子が成長し、嫁入りすることになった。ところがケンムンの予言どおり、大雨になった。嫁入りには、ふつうは親はついて行かないが、その日は、その父は自分がついていくときかなかった。そして雨やどりさせなかったので、ぶじに嫁入りはおわり、その子は百歳までも生きたという。それで田舎の人は、子が生まれると、「ケンムンがヤンヒャー（または、ケンムンがヤンハツ）」といい、その父が火ばしをじろ（いろり）につきたて、「モモートードー（百歳まで）、モモトードー」ととなえて、ケンムンの死の予言をはらう。そのとき、火ばしでは灰の上に丸く書いて十の字を入れる。その父がする。しかし、今しない。（嘉入、俵直道、四十七歳）

この話はケンムン話の十番目「ケンムンとヤンハツ」（一四四頁）とほとんどおなじ話ですが、昔話でもあるので、また話者もちがうので、こうして両方に収録しました。

月見と昔話……正・五・九の月の十六日は山の神のまつりといい、ちょっとまつりごとをする。この月をカミヅキといい、カミゲナシ（神さまおがみ）といい、月見をする。そしておおきな丸い月餅と、ホシの意味のちいさい団子をいくつもつくってそなえる。ただし、この月見（月まつり）は、人のうまれ年によってちがう。たとえばトリ年生れは二十八日、ウの年生れは二十五日という具合に、十三日まち、十五日まち、十八日まち、二十三日まち、二十四日まち、二十五日まち、二十八日まちをする。こういう月まちのとき、テキムンバナシ（オトギバナシ〈昔話〉）をする。

（嘉入、俵直道、四十七歳）

月影の首……ある人が友人と大工仕事してかえりがけ、一人の人の月影にその人の首が映らなかった。「どうして、一人は首があって、一人は首がないかなあ」とおもいながら家にかえった。ところが、その妻が間男《まおとこ》をしていて、夫がかえったら首をとろうと待っていた。妻は、夫の影をみて首がないので、とれなかった。つまり、首がないのは、神さまが、二十三夜の神をおがむ親のおかげで、家へかえったら用心せよというしらせでもあった。その夫は殺されずにすんだ。

十三夜や二十三夜には、団子をつくって机にかざって月がでるときにおがむ。いまもやっている。子供たちの運気がよいようにといのる。（嘉入、嘉納ヤエ、六十歳）

ナプタブの蛇……ナプタブという赤い蛇が大島にいる。錦蛇みたいな奴である。おおきい。ちょいちょいでてくるが毒はもたないこの蛇は、男のナプタブと女のナプタブとあるが、女性がまちがって男ナプタブに小便をかけると、これが人間にばけてかようそうだ。逆に男性が女ナプタブに小便すると、女の人間にばけて毎晩かようそうだ。こうして関係すると、女性の場合、ソーケいっぱいのナプタブをうむという。

ある女がやってきた男の着物のエリに針をさしておいたら、その糸が石垣のなかに入っていったという。ナプタブがばけるときは、天から地まで柱になってすっとたっているという。そんなときは、そのヘソから上が急所だから、自分のヘソの高さより上をたたけば、その柱はたおれてナプタブになるという。

ナプタブは七つにきっても死なないという。ハブはたたけばすぐ死ぬ。

ナプタブの昔話もしっているので、女の人たちなどは、見つけてもころさない。

ナプタブはかわった蛇で、一週間でも一つところにうごかないときもある。そういうときはエサが不足するので、うろこをたててにおいをだす。それにハエがあつまるが、うろこをしめると、ハエの足がかかり、おさえられる。こうしてとったハエを順々になめて食べる。二十日ぐらい、一カ所にいるときもある。木の穴などに入り、毎日、水につかり、頭だけ出している。夏はあついので水中にいるのだろうか。

ナプタブが青大将をのむこともある。頭からのむ。自分の体で相手の体を巻いていき、両方で縄みたいになる。そしてナプタブが相手をのみこんでいく。（嘉入、俵直道、四十七歳）

しのだの森……女はキツネ、男は人間だった。女がお産をしたところが、赤ちゃんは毛が生えていた。不思議な子もおるもんじゃね、と産婆がつぶやいた。キツネの女は、しまった、見られたか、と、障子をひきまわして字を書いた。――「これアナタおもうとき、恋しくば、しのだの森」とあった。はじめはその場所をだれもしらなかったが、あとで、そこはキツネがすんでいた森だとわかった。（嘉入、田原元積、八十歳）

ゴデさまとハブ……小さいハブを、四、五人のこどもたちがとってあそんでいた。それをみつけたゴデさまは、そのハブを買って、

「あんたはこういうところへきてはあぶないから、けっしてきてはいけない」

といってにがした。ところが、翌日、その親ハブが人間にばけてやってきて、

「前の晩はありがとう。おかげで自分の子供の命が助かった。自分もできるだけのことはしたい。自分はハブである。もしハブでないとおもうなら、ハブになってみせましょう。あなたはけっしてハブにうたれたりはさせません」

こういって、ハブになってみせた。そしてふたたび人間のすがたになって、お礼をしてわかれた。そのとき、

「あなたはどこへいっても、あなたの行き先はけっこうな時代になる。わたしはゴデさまの恩はわすれない」

こういった。それで俵《ひょう》へいくときも須古茂《すこも》へいくときも、

「ゴデさまである。ゴデさまの末孫《ばっそん》どう」

といっていけば、けっしてハブにかまれないという。（嘉入、田原元積、八十歳）

④加計呂麻島のケンムン話

加計呂麻島は、ケンムン話の宝庫です。奄美独特の妖怪ケンムンについては、すでにいくつかの報告がなされ、研究もなされていますが、その口碑《こうひ》のたんねんな採集報告は、意外にすくなくて、恵原義盛氏（名瀬市在住）が「南海日日新聞」や「月刊あまみ大島」誌などに、豊富な体験をまじえて書いたものや、大島高校発行の「奄美民俗」などが、代表的なものであるようです。

一九六八年の夏、木慈《きじ》と嘉入《かにゅう》に合計一週間ばかり泊まっ

て、年中行事から生業、人の一生、信仰、衣食住、芸能など民俗全般にわたり、ひととおり聞き書きをしました。そのあいだ、ついでに、といえば語弊《ごへい》がありますが、時間的にはまったくついでに採集したケンムン話を主とする妖怪や昔話、伝説などが意外に多くて、びっくりしました。このぶんなら加計呂麻島全島を採集してまわれば、おそらく千話ぐらいも採集できるのではなかろうかとおもったのでした。

ここでは、加計呂麻島の妖怪、昔話、伝説などをあつかいますが、妖怪、昔話、伝説はケンムン話として展開されている場合が多いようです。本土にひろく分布する昔話も、奄美に入ると、いつのまにかケンムンとむすびついてしまうのです。

ケンムンは奄美大島からその南部の奄美群島に見られる妖怪譚《たん》でありますが、おもしろいことに、奄美人の行くところ、ケンムンもついてくるようです。というのは、奄美大島の北に点在するトカラ列島には、本来ケンムンはいなくて、磯ん子などといっていたのですが、明治期に、中之島と諏訪之瀬島に奄美大島の笠利方面から移住者がつぎつぎにやってきて、奄美方言の通用する集落を形成しました。そこでも、奄美とおなじケンムンが出没していると聞いたときは愉快でした。つまり、ケンムンは奄美人の心のなかにふかく生きつづけ、奄美の精神世界の一つのすがたでもあるのです。同時にそれは、日本のふるい時代の人びとの心情を伝えているともいえましょう。ノロやユタに見る信仰世界とともに、ケンムンは特色ある南島民俗であり、ノロが琉球文化の所産であるのに対し、ケンムンは奄美固有のものであり、時間的にみても奄美にあってはケンムンこそノロよりふるいのではないでしょうか。そして心情の底においては、また発生的には、ケンムン世界はユタの世界と相通ずるものがあり、同一系列の心意現象だと思われますがいかがでしょうか。加計呂麻島だけでなく、奄美群島全域にわたり、ケンムン話を採集したら、おそらく何万という話が記録できるかもしれません。

右にのべたように、ケンムン話は、奄美の民俗の重要な一部を占めているので、その採集はいそがれ、その分布上の実態や昔話との関連、話の展開のタイプ分類などが研究されなければならないようです。そのことは、民俗の他の分野でもすでに行われていますが、南西諸島における奄美の文化的歴史的位置を見定め、ひいては日本文化の解明という問題の一端にもつながっていくのではないでしょうか。

⑤ケンムンとはなにか

ところで、ケンムンとは何でしょうか。三一書房『日本庶民生活史料集成』第一巻の『南島雑話』によりますと、「水蝹《けんもん》」として、「カワタラウ。相撲を好む人に逢《あっ》ては、強《しい》て相撲を好む。曽《か》って人にあだをなさず。薪《たきぎ》を負うて帰る者に逢《あわ》ば、自《おのずか》ら加勢して、里近く人しげきを見れば、逃去ると云《いう》」とあるが、同書七八頁には、水蝹《けんもん》に註記して「水の精の意であるが、後に本土の河童《かっぱ》伝説が混入したもののようである。河の精はもともと『ガウル』と別に名称をもっている」と説明されています。

加計呂麻島で聞いたところでは、河童と似ていますが別物であり、右の説明にもあるように、「水の精」であったようです。同時に「木の精」でもありました。種子島で河童と相撲をとるときは、河童を松の木の根っこにたたきつけると勝つ、といわれていますが、河童においてはこのあたりがケンムンの水の精、木の精の二つの性格と通ずるものがあり、ケンムンの痕跡《こんせき》ともいえましょう。このようにケンムンは、河童とよく似ているのですが、じつは別物でもあります。いわば日本語のなかで奄美の言葉がふるく、より原日本語にちかいものをもっているように、ケンムンも河童の原型にちかいものをもち、そして、永いあいだには独特の傾向ももつ現在のようなすがたになったものと理解してよいのではないでしょうか。

英文学者で郷土奄美・加計呂麻島の文化研究をふかくすすめられた金久正氏は、その著『奄美に生きる日本古代文化』のなかで、

「ケンモンという語は、もちろんケノモノ（化の物、恠の物）の訛語《かご》で、得体の知れぬ霊物の意であろう」

と述べ、ケンムンの性質、形状についていろんな伝承を述べておられます。それによりますと、

・ケンムンは指のさきに火をともしてあるく。あるいは、そのよだれが光って火にみえる。

・ケンムンの脚はほそながく、さきが杵《きね》（手杵《てぎね》）のさきのようになっている。

・ケンムンは、よく魚や貝をとってくう。いざりがすきで、指の頭にあかりをつけ、磯の岩間をよくあるいている。人間がつった魚の目は全部ケンムンがひきぬく。

・ケンムンは章魚《たこ》がいちばんきらいである。ギブという貝もきらいである。

・ケンムンの棲家《すみか》は、ホーギ（がじまるの一種）の下である。ケンムンはよく子をあやす。ケンムンの常食は、ツンダリ（かたつむり）で、ナメクジを丸めて餅だといってくう。

・ケンムンは人間に相撲をいどむが、そのときはさかだ

ちしてみせるとよい。ケンムンがまねてさかだちをすると、頭上の皿の力水がこぼれてケンムンはたちまち退散する。

・ケンムンは仔馬のすがたにみえることもあるという。またケンムンは露天につないである駒にいたずらをし、馬の目の一方をついてふさぐという。こういうときは風法《かさほう》をおこなえばなおる。

・ケンムンは相手しだいで、相手に似たすがたになったり、保護色的に周囲とおなじ物にばける。

・ケンムンは地炉《いろり》がすきで、たてひざで火にあたる。ケンムンがいたずらをしたり、さわりをするときは、地炉の神をまつればよい。

というようなものである。先にのべましたようにケンムン話には、その後本土より流入した河童話が混入していますので、よりふるいケンムンのすがたを追究し、その意義をあかさなくてはなりません。右のケンムンの性格は、河童の要素が強いようです。

ケンムンについての文献に、『徳之島民俗誌』に山下欣一氏が書いたもの（同書二五九頁）があります。それによりますと、徳之島のケンムンは気性が荒いようです。ケンムンから目をやられたり、追跡されて死んだりした話を紹介されています。そして、ケンムンのたたりをなおす民間療法も紹介してあり、左縄でガジュマルの木をくくるとあるのですが、それは、金久正氏が「左巻き」の効用を述べているのと同じであります。

加計呂麻島のケンムンは、徳之島のケンムンとおなじように、あらくて、たたったり、ひどい場合は命をとったりします。奄美大島北部のいくらか滑稽な河童のような性格にくらべて、加計呂麻島のケンムンは、あらがみであり、河童の性格が本土の河童伝承の影響であるとしますと、後者はよりふるい樹霊信仰の性格をもっていて、それは、屋久島の山姫や種子島のガローのあらがみ性につながるものであるかもしれません。

ケンモンともケンムンともいいますが、「化け物」からは本来は、ケンモンでしょうが、奄美方言ではケンムンと聞こえます。

本文にしるしましたケンムン話、妖怪・伝説、昔話は、すべて現地加計呂麻島で録音したものを、テープ起こしして書いたものです。

興味ぶかいケンムン話を惜しみなく、つぎつぎに話してくださった伝承者の方々に心からお礼申しあげます。

第六章　鹿児島・ふるさとの昔話

――私が出会った語り手と昔話、わらべ歌、雑談など――

皆さまこんにちは。本日、話をさせていただきます下野でございます。

昔はわたしも若かったんですけど、青年団の皆さまがたを見てほんとうにうらやましいですね。人生はこれからです。皆さん、がんばってください。

鹿児島県の昔話、これは皆さんすごいですよ。東北では各地で昔話がさかんですね。今日は、東京の日本青年団協議会の代表の方がお見えですね。東北ご出身とお聞きしましたが、昔話は、実は東北でもさかんですけど、鹿児島もさかんなんですね。いや宮崎もさかんです。

今日はその一端をお話しさせていただきます。全部話したら、何日もかかります。かいつまんで、ちょこちょこですね。ときどきテープを鳴らします。

一、はじめに

昔話がほろびて、最近その貴重さがわかってきました。でも、何ごとも貴重だと思うときはもうなくなるんですね。それが世の中ですね。

だが、鹿児島県では各地で、これではいかん、昔話を伝え続けましょう、活かしましょうと、皆さんの努力で復活しつつあることがわかります。

先ほど、ぢろ（じろ）の会がみごとな話をされました。そのような語りのグループの皆さんが全力でその作業をしておられることがわかります。また、その中心は若い青年の皆さんです。

ところで、六十年ちかい前に私が調査をはじめたころは、もう、誰も昔話など聞かないのですね。

私はなぜ聞いたかというと、たまたまそういうことを調べてみようと思ったんです。

「昔話を知った人はおりませんか」といってもピンとこないんですね。「お伽話（とぎ話）を知った人はおりませんか」と聞いてもよくわかりませんでした。もう、「お伽話」、「昔話」といわなかったですね。それでピンとこない。そこで、「兄弟二人おってホトトギスになった話を知りませんか」と聞くのです。そうすると、「ああ聞いたことがある。あっちの爺さんから、こっちの婆さんから」となりました。そこで行ってみると、知っているのですね。兄弟とホトトギスの話は、昔話を語る人は誰でも知っています。ホトトギスの話を知っていると、たいがい十か二十は知っているのでした。

そういうことがありまして、それでメモをしたんですね。

でも、メモは私の手がおそいものですから、また、テープレコーダーも普及していないので、しかたなく、手でゆっくり書くんです。すると、お爺さんやお婆さんは、私の手の動きを見て動きに合わせて話してくれました。サービス精神旺盛です。ありがたいことです。下手な字で横書きに速記していきました。たとえば「市場に行く」というのも「市」というのは五画でしょう。だから、漢字の数字の「二」を書きます。「場」は十二画ですから、カタカナで「バ」と書き、市場は「一バ」と記録しました。そんな調子で、自分流の勝手な速記術です。

そして家に帰ってから夜、漢字にもどしました。長くおくと忘れてしまいますからね。そして、テープレコーダーがはやってきました。大きな重たいものでしたね。それを買って、テープレコーダーに吹きこみました。運ぶのは自転車でしたね。県下の道はどこも道路もよくなくて、田舎道は馬車のワダチが一尺もほがっています。ワダチに自転車がはまりこんだら困りますね。自転車の荷台に座布団を三枚敷いてテープレコーダーを乗せ、バンドでくくりつけて倒れてもいいように乗せていました。

夏は途中で汗をかきますから、小川があると裸になってシャツを洗い、自転車の荷台に竹を二本立てて、それに干して走ります。となりの集落に着くころにはきれいに乾いておりました。そのまま着替えて話者の前に立つと、さっぱりしている。そういう調子で調査したんですね。

それも、私の場合は昔話が調査の目的で行ったのは少ないです。民俗学の調査で地域の行事や祭りやいろいろなこと、歴史とは一味ちがう、日常生活のことを記録する調査をしたいと思って、そのついでに調査をしたのです。

昔話は副産物です。しかし、六十年ちかく前から、二十年~三十年の間に数がたまっていき、数えると数百どころか、今は一千話はあると思います。おやおやと思って、今頃、死ぬ前になってまとめておるわけです。全部まとめられるかはわかりません。あの世に行ってまとめるかもしれません。もっとも録音したものは、私は忙しくて時間がありませんから、テープ起こしは家内にお願いしています。県下各地で聞いたものを記録しているのですが、昔話は方言で語られていますから、その方言を書き起こしています。

方言は各地でちがいますよね。ここにおられる方もそれぞれご出身はちがいますが、昔話の方言はそのまま書き起こしてもらうのです。書いたのを見ながら私は「はあ~これはどんな意味かな」と調べながら読んでいくんですね。

さて、今日はぢろの会のよいお話があって、明日は甑島の方がお話しなさるらしいので、楽しみにしています。ではプリントの目次を見てください。

二、昔話・わらべ歌・早物語り

目次の鹿児島市の昔話を聞きます。仮屋フヂエさんの昔話は二通りあります。標準語と方言です。その語りをテープで聞いてみましょう。お聞きください（テープ再生）。

いかがですか。標準語のサルカニ合戦です。このおばあさんの話はちょっとちがっているでしょう。普通はサルカニ合戦は、柿ちぎりやら出てきますが、ここには出ていません。

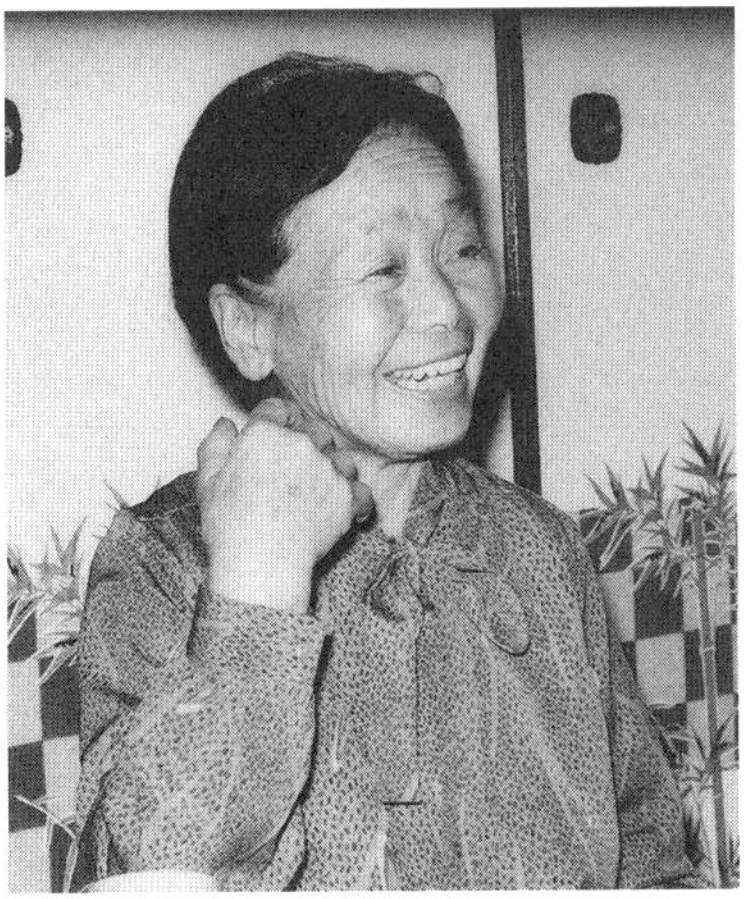
仮屋フヂエさん（明40年生、鹿児島市下田町）。1982年、当時75歳

そこでですね。この仮屋フヂエさんという方は、下田に住んでおられます。鹿児島市です。

どうして私が知ったかというと、種子島高校の教員をしているころ、私が「種子島は昔話の宝庫だよ」ということを同僚に飲みながら話していました。そしたら、同僚が「おっ、うちの母も昔話を知っているよ」というではありませんか。「あなたは、鹿児島市だろ」というと、彼はそうだといわれます。そこで、早速、夏休みに仮屋さんの下田のお宅に行ってみたんです。お父さんは亡くなって、お母さんだけおられました。小柄な方です。写真を見ましょう。肩に手をあてて何か話していますね。明治四十年生まれで、昭和五十七年（一九八二）当時七十五歳でした。

それはそれは、すばらしい語り手でした。それでは、皆さん今の話は標準語でしたよ。おなじ話をおなじ人から、鹿児島・下田方言で聞きましょうか。鹿児島市内でも谷山と上町《かんまち》とでは方言はちがいます。草牟田あたりもちがいます。方言はほんとうにちがいます。極端にいうと一人ひとりちがいますね。それだけにおもしろいです。

では下田方言で聞いてみましょう（テープ再生）。

いかがでした。方言語りと標準語の語り、標準語の方がわかりやすい。でも、大味ですね。方言語りはわかりにくいけど、何ともいえない味わいがありますね。そして、切れのよさがありますね。

昔話は方言で聞くのが一番いいようですね。だけど、聞く人が若くなるほど、標準語世界ですから、わかりにくいですね。その溝をどのように埋めるかが、皆さんの工夫が試されるところです。

①甑島《こしきじま》の昔話・わらべ歌を聞く

さて、これから甑島の話をしましょう。それでは、甑島の昔話を聞いてみましょう。

では、テープを聞きましょうか。「命長い名の子」(テープ再生)。

いかがですか。これは笑い話ですね。「命長い名の子」です。こういう昔話もあるんですね。これを話した方は、薩摩川内市、里村東の橋口満夫さんです。当時八十六歳でした。夏の日、突然、おうかがいしましたが、浴衣《ゆかた》姿で愛想のいいお顔で話をしてくださいました。

次は、横路ノセさんです。薩摩川内市、中甑の方です。当時八十三歳。この方もいいお話をたくさんなさいました。それではこの方のお手玉の歌を聞いてください。

昔は、お手玉歌やマリツキ歌もたくさんありました。その中でお手玉歌を聞いてください。

今頃は、はやりませんけどね(テープ再生)。

これは上甑島の方言ですね。

さて、こんな古い歌もありました。「青葉茂れる」。今は、軍国主義的とされて歌いませんが、年配の方はご存知の方もいらっしゃるかもしれません。

②種子島の早物語

今度は種子島の早物語を聞きます。口で語るのは昔話だけではありません。似たようなものにロッポウがあります。歌舞伎でも「ロッポウ」といいますが、六つの法と書きます。それが種子島には残っていました。昔は川内川上流や大隅にも残っていましたが、現在は絶えております。現在では種子島でも語れる人はいないのではないでしょうか。

プリント(資料ア)を見てください。これは中種子町《なかたねちょう》の美座誠一さんが語った早物語「ロッポウ」です。私が突然うかがったんですが、原稿なしで、次のような話を早口ですらすらと語ってくれました(テープ再生)。

資料ア　ロッポウ　赤坂源兵衛《げんびょうえ》

「ゲダイ(外題)は赤坂源兵衛願い申す。

東西東西、国を申さば(註・その国名欠く)赤坂源兵衛といわれまするエビ取りの大名人がおられましたける、この人のしもぐり（下周り＝畠の隅）に桑の木が栄えるとも栄えんとも、四十八《しじゅうや》ほうにひろがりましたける、一番の軸頭《じくとう》の枝に、アヲシタトウの鳥にてチンチンカラコウ、チンカラコウとほけるともほけらんとも、ほけるともほけらんとも、ほけられましたける、赤坂源兵衛がこれを射ろうやーと思うて、ツシ（辻＝天井）に煤《すす》を打っ払い、張り縄にしょうもんなし、七色映《ば》えの馬ン縄を打っぱげて、ヤリ（矢）にしょうもん（するもの）なし、搗《つ》き臼打っぱげて、引いて七日《なぬか》、ためて七日、にひちは十四日に、弓を離されましたところが、この矢が行くとも行かんとも、梅木山《うめきやま》はうめーて通り、繁木山《しげきやま》はしげーて通り、西の海にチャップリコー、東の海にチャップリコー、鯨しゃちほこのビンタをゆい割って通り、キービナゴのビンタなどの目を射っちぇ、キビナゴが寄るとも寄らんとも、寄るとも寄らんとも、寄られましたける、西のアマブラトウ（海人村統）東のアマブラトウ、手籠《てご》・ざる引っ提《さ》げて、拾うとも拾わんとも拾われましたける、これを塩辛に、肥前甕《がめ》千四、五本、千四、五本と漬《つ》けられましたける、モコ（聟）というものはなかなか可愛いもので、あすこのモコも来い、ここのモコも来いで舐《な》めさせられましたところが、喉《のど》が乾いたようすで、前の小池なんど振りかごうで、呑まれましたところが、喉にかかったようすで、コ、コ、ココ、ココココ、ココッと、息をひかれましたところが、大きなコッテー牛なんどーを七、八匹吐けられましたァ話でございます」

この物語の筋は、

・赤坂源兵衛という人が、桑の木に止っているアヲシタトウという鳥を射ろうとして、
・弓矢を準備し、
・それを放ったところが、とんでもないところへ飛んで行き、
・海人村《あまぶら》の人達にキビナゴの大漁《たいりょう》をもたらした。人々はそれを塩辛にして、
・聟《むこ》たちを呼んで舐《な》めさせた。
・ところが、喉が乾いたので小池の水を呑んだら、やがて牛を七、八匹吐き出した。

というもの。前段が赤坂源兵衛の弓矢射りで、後段が海人村での出来事という二段構成になっています。そして両者を結ぶものは矢です。この物語は、ありそうもない作り話で、ホラ吹き話に通ずる大きい話です。最後の、牛を七、八匹吐き出したというところでは、目を丸くしながら笑わずにはおられない笑話になっています。また全体が、誇張された語句を通して笑いをさそう仕組みになっています。

いかがですか。まあ、お手許《てもと》に文字があるからわかると思います。こんな話し方もあったんです。この早口物語は日本中にありました。特に東北地方と鹿児島にあり、真ん中の日本にはないんですね。京都あたりで発達して、南北に伝わっていったんですね。

　残っているのは、北と南。東北には今もまだありますが、鹿児島ではほぼ絶滅してしまいました。

　それでは、同じ美座さんの「嫁取りロッポウ」を聞いていただきましょう（テープ再生）。

資料イ　嫁取りロッポウ

「東西東西、友達なんどというものは、持ちそうなもんじゃい、一人の友達がいわれまするところ、おい友達、そこによか嫁がおるが、わたしが仲裁してあげよじゃなっかい、といわれましたところが、えー、そういうことがあるならば、こんにゃ家入りをしてくれんかいといわれましたける、そんなはしるはしる樫《かし》の木をポッキンと折ったようなことはでけんもんじゃから、も、そら、こんにゃもろうて明日《あい》の晩家入りをしちぇくりょうといわれましたける、そいじゃ、いよいよそうしちぇ給うれといわれましたける、いよいよその聟入り嫁取りが始まりましたところが、姑《しゅうと》じょうのカカァがとんと喜ばれまして、娘じょう欲しいものはないかァ、欲しいものはないかァといわれましたところが、ゆりじゃぜんが欲しい、ゆりじゃぜんが欲しいといわれましたける。とこいが、見ればいっかみ、見ればいっかみ、もう欲しいものはないかといわれましたところが、チャチャーが欲しい、チャチャーが欲しいといわれましたける、さァ見ればいっかみ、入るればひんのみ、入るればひんのみ、千七回ほどもかまれましたける。ところが娘じょうが、シシーがしたい、ハハージョー、シシーがしたいといわれました。エーそんなことなら、いわんとも、家《うち》からでもハヨせんかいといわれましたところが、シシックヮックヮー、シシックヮックヮー、シシックヮックヮーと大きな声のかかるような小便をせられましたところが、前のコブイロウ（隠居屋のような人の住む小家屋）七、八軒ほども洗ァ流されましたける、ところがハハージョーがとんとたまがっちぇ、もう息子、一人なっちぇ遊ぶとも、こんな嫁は持たんほうがよかといって、サメ馬に鞍《くら》打ちおき、家《や》の元に送りくらまされましたという話」

　これも種子島（中種子町）方言で語っている。ゆりじゃぜんは、いりじゃぜんともいい、煎《い》り豆に味をつけたもの。チャチャは、お茶。サメ馬は、目が赤い白馬。話の筋は、①友達の世話で嫁を迎えることになる、②いよいよ嫁がやってきて、姑《しゅうとめ》に三つの要求をし、何れもケタはずれの大きなことをして姑を驚かす、③ついに白馬に乗せて戻される、という三段階になっています。これと同じような昔話は「日本昔話名彙《い》」にも「日本昔話集成」にも見えないようですが、これも大話に属する笑話に近い。即《すなわ》ち昔話に転化しても無理ではありません。しかし、この話もまた前出のロッポウも、昔話として種子島で話されている例はありません。ということは、ロッポウの語りと昔語りは伝承者の胸の内ではっきり区別していたということです。

嫁取りロッポウは、嫁のケタはずれに大きい行為に驚いた上のことではありますが、嫁を簡単に里に帰す。これを聞いている人達は、もとよりロッポウだからどんなことでも承認するのだけれども、嫁戻しを当然のごとく思う。これは、かつての婚姻習俗が背景にあるのでそうであったろうと思われます。一般には全国的にそうでありましたが、種子島の婚姻も明治頃まではごく簡単な手続きですませています。仲人が金溜《きんな》め重《じゅう》という重箱に餅を入れ、焼酎を片口一つ持って行き、嫁を迎えてきました。嫁はフロシキ一つ持って聟《むこ》方にきて、翌日は早朝に実家に行って水など汲んでおくものでした。ただここに語られた婚姻形式は聟入り婚でなく、嫁入り婚であること。トカラ列島などでは、つい近年（昭和二十年代）まで訪問婚も残存していた島もあったので、種子島の場合も古い婚姻形式がのちまであったかと思われますが、今はもちろんどこにも見聞できません。

私が録音している間、美座さんの家族も聞いていましたが、家族も大笑いでした。さて、このような早口物語はじつは世界中にあります。後日《ごじつ》、たまたまアメリカ人のロバート・J・アダムスさんが早口物語を「アメリカにもあるよ」といって、語られたのが次の録音です（テープ再生）。

資料ウ　アメリカ早物語

じつは、この英語早物語は、アダムス氏を案内して、再度の種子島早物語を聞いたとき、氏が現地伝承者に語って聞かせ、一座の人達が大喜びしたのでした。

つまり、早物語は文化圏が変わっても、各地にその風土独自の早物語があるということ。

早物語はイギリスやアメリカにもあることを、昔話研究者のロバート・J・アダムス氏は、自ら早口で語って、私に教えてくれたことがあります。

それは広く知られているマザーグース（童謡）の一つで、This is the House that Jack built.に始まる話で、次のように語りついでいきます。

右から種子島油久《ゆく》の話者向井吉也さん（明30年生）とロバート・J・アダムス（米人）、昔話研究者の荒木博之氏。1966年

　これはジャックが建てた家においてあった麦芽《ばくが》です。これはジャックが建てた家においてあった麦芽を食べたねずみです。これはジャックが建てた家においてあった麦芽を食べたねずみを殺した猫です。……

まあこういう調子です。意味は配布資料の後ろにすこしのせてあります。皆さま、なにかで読んだことがあると思います。

　ちょっと補足しますと、種子島の平山の中畠善八さんも早口物語のすばらしい話し手でした。ところで、先ほどのテープの赤坂源兵衛に似た話がトカラの口之島では狂言になっています。盆踊りに狂言を踊ります。語りではなく、歌になっているのです。

　諸鈍《しょどん》シバヤ（加計呂麻島）では、芝居になって、ダット（座頭《ざとう》）になっています。座頭踊です。奄美大島はガット、大島郡瀬戸内町の油井《ゆい》豊年祭の座頭どんはガットですね。鹿児島では「座頭《ザッツ》どん」、これは今、いってはいけない言葉になっていますが、このように、語りが狂言や芝居にかわってきていますね。早物語、昔話は地域に伝播《でんぱ》するなかでかわってきます。

③屋久島の昔話・わらべ歌、種子島のわらべ歌から

岩川シオさん、昭和三十六（一九六一）年宮之浦、当時六十四歳でした。この方の声はすばらしかった。わらべ歌、子守り歌を聞きましたが、張りのある声で、ヨーロッパの歌手のような声でした。

　それでは聞いてみましょうか（テープ再生）。

最初は昔話ですね。

宮之浦の方言ですね。鹿児島や甑島の方言とはまたちがいます。

鹿児島は本当に方言がゆたかです。地域でがらっとかわってきますからね。しかし、方言はなんともいえない味わいがあります。

今度は男性によるわらべ歌・子守り歌をきいてみましょう。

はい、今のは岩川貞次さんの歌でした。それでは、岩川貞次さんのお顔を見てください。

岩川貞次さん（明37年生。屋久島町宮之浦）。1961年撮影、録音。当時57歳

彼は有名な縄文杉の発見者です。当時、上屋久町の役場にお勤めでしたが、屋久島の観光振興に非常に熱心な方でした。私が行くと、たくさんの話をして下さった。シオさんを紹介してくれたのもこの貞次さんです。

それではシオさんの子守り歌、同じ歌ですが、女の声で聞いてください（テープ再生）。（資料エ　宮之浦子守歌）

今の歌は、プリントに、楽譜付で宮之浦子守歌とあります。屋久島と種子島は、近くにありながら全然違いますね。屋久島の歌は力強いですね。子どもが目を覚ましそうな勢いです。種子島は寝かしつけるようにやさしいですね。ちょうど地形に似ています。

これは、五木の子守り歌ふうですね。「んどん（私）が死んだ時ゃ、誰《だ》が来て泣くか〜」は、実はこれは、五木だけでなく、甑島と長島、出水《いずみ》、種子島、屋久島へと各地に広く伝わったものです。そして五木に残り、有名になった歌です。

それでは、「ようかい」ですが、先ほど種子島の皆さんが歌ったものの方がよかったですけど（テープ再生）。（資料オ　子守歌（ようかい））

種子島にはもう一つすばらしいわらべ歌があります。「こっちこい」です。「おっかんよう」ともいいます。皆さんもぜひ覚えていてほしい歌です（テープ再生）。（資料カ　子守歌「こっちこい」）

はい、まあこういう感じです。昔話はわらべ歌付で聞くと、より味わい深いです。後か先かに、わらべ歌を聴かせると、聞く方もいいですね。

資料オの「ようかい」の歌詞と歌曲は中種子町竹屋野の西田ツルさんからわたしが聞き、録音したものを下薗和郎先生（当時、野間中学校教諭）が採譜してくださったものです。なお、「ようかい」は種子島全島に歌われ、もっともしたしまれている子守歌です。「ようかい」とは良い子だの意をこめて、子どもをあやすはやしことばです。「ほしと」は、ほっと一息つくこと。

ところで、種子島の西岸の長浜を洗う波はしずかに寄せては返しています。「こっちこい」は夕暮れどき、子守りの母親が、または子どもたちが、松の木かげに屋久島を望みながら歌う美しい曲です。

「こっちこい」の一番は息子の言葉、二番は母親の返し歌になっています。なつかしい親子の愛情が流れ、種子島の人びとのやさしい気持をそのままあらわした代表的な種子島民謡です。島内のこの歌の歌い手の代表者は、野間の鎌田栄彦、島間の鮫島義一郎、久保田ウラ、平山の向井キミエの四人、いずれもとってもうまい。六番の「しおらしこう」は、やさしくていねいだよ、の意。

（宮之浦）
子　守　歌

歌　岩川　貞次（60）
　　岩川　シオ（68）
採録　下野　敏見
採譜　久保けんお

（宮之浦）子守歌

一、んどん《(俺)》が父《て》っちゃなんだヨー
鹿児島《かごしめ》行たて
戻《もど》や絹《きん》の紅衣裳《べんじょ》（晴着《はれぎ》）買《こ》てわしゃる
ア　ヨイヨイ　ヨイヨイ　ヨー
（以下ハヤシ略す）

二、んどんが死んだ時ゃヨー　誰《だ》がきて泣くか
前の松山《まっちゃま》　蝉《せび》がなく

三、浜の隠居爺《いんきょじい》はヨー　あぶらで肥えて
生木《なまきょ》　切る切る汗が出る

四、雨は降ってくるヨー　干したもんなぬれる
背中子は泣く　飯《めし》ゃたぎる

資料オ　子守歌（ようかい）

西田ツル　演奏
下野敏見　採録
下薗和郎　採譜

子守歌（ようかい）

一、ようかい　ようかい　ようかいよう
この子が　ようと　ねたなろば
二、息もほしと　しょうものば
お前《ぜ》が　父《とと》さま　何処《どけ》行かった
三、あれは　屋久の島　鎌うりに
かまが　売れぬか　まだわせん
四、一年待ちても　まだわせん
二年待ちても　まだわせん
五、三年三月《みつき》に　状《じょう》が来て
状《じょう》の上書《うわがき》ょ　読んで聞かしょ
六、一《いち》で香箱《こばこ》よ　二で鏡
三でさつまの　板屋買《いたやこ》て
七、板屋葺《ぶき》ょして　門《もん》立てて
門のくりぐりょ　杉うえて
八、杉の葉ぶさに　香をもりて
香の煙は　西ひがし
九、西や東に鳴く鳥は
雁《がん》か水鳥《すいしょ》か　おしの鳥か
十、行たてみたれば　水鳥さま
水鳥さまの　お口説《くどき》に
十一母《かか》よ　子とれよ　子は泣くど
地炉《じろ》にも　釜《かま》にも　火たかんば
十二地炉にも釜にも　わしがたく
ようかい　ようかい　ようかいよう

資料カ　子守歌（こっちこい）

鎌田栄彦　演奏
下野敏見　採録
下園和郎　採譜

子守歌（おっかんよう）

一、おっ母《か》んよう　思《おま》んかよ　おらねた間《ま》にも
波のひく間も　忘りゃせんど　こっちこい

二、波のひく間も　忘れてなろか
五年このかた　抱いてねとう　こっちこい

三、行《い》たてくるから　身を大切に
荒い風にも　あわぬごと　こっちこい

四、忘りゃせねども　月日がたてば
次第しだいに　うすくなる　こっちこい

五、雨の降る日と　日ぐらしもとに
生れ在所を　思い出す　こっちこい

六、生れ在所の同志《どし》こそ　よかよ
かける言葉も　しおらしこう　こっちこい

三、語り手の思い出

①すばらしい話者

はじめに山下正吉さんです。当時はみんな着物を着ていました。高齢で九十一歳でした。西之表市下能野《しもよきの》ですが、すばらしい話者でした。ここは幹線道路に面しておりました。そのころ、私は中種子高校に勤めていました。勤め先からバスで一時間。バスを降りるとすぐお宅なんです。「おじさん、来たよ」というと、頭を両手で抱え、畳につけて座っておられました。頭が重たいのですね。「おまえ聞けよ」といって、そのままの姿で話しました。ところが、話したことがそのまま文章になるくらい、話し方がすばらしかった。その話は、「雀どんの鬼征伐」の話でした。『種子島の民話』（未来社）にのっています。

それでは、こんどは、次頁の写真を見てください。前原吉之助さんです。明治十四年生まれ、南九州市知覧町大隣です。茶業が盛んで、茶畑が広々と拡がって、景色のすばらしい場所です。今そこで、お孫さんが私の通訳をしてくださっている場面です。耳が遠いものですから。佐都子《さとこ》さんは当時高校生です。

次に行きましょう。牧寿兵衛さんは、明治二年生、私が会った方で最高齢です。明治二年ですよ。明治維新の次の年です。今から五十数年前に九十三歳です。この方、しゃんとしていますね。背筋も目もしゃんとしています。昔話もしますが、民謡も歌います。歌が得意で、録音もあります。昔話は「山鳥の矢」というすばらしい話を聞かせてくれました。『屋久島の民話』（南方新社）に収録してあります。

②盲目の語り手

次の方々ですが、目の不自由な方にも会っています。折田貞蔵さんは知覧町迫瀬戸山の方です。六歳で回虫が出来て、当時あまりいい薬が手に入らず、目に来てしまって、とうとう二十二～二十三歳で完全に失明されました。その後はあんまをしながら、南九州各地を歩き、昔話を聞いたということでした。隠居部屋に一人で暮らしており、いとこの家の人が食事を運んでおられました。一人息子は戦後、家を出て帰ってきていないといっていました。

この方はすごい話し手でした。三十話ぐらいを聞きましたが、「おれはもう寝て話すから、おまえ、適当に聞いてくれ」と座敷にひっくり返って話をしてくれました。私はテープで録音しながら、すごい話者だなあと思ったものです。『鹿児島昔話集』（南方新社刊）の本にものっていますが、すべて方言で語ってくれました。

その次に紹介したいのは、甑島《こしきじま》の瀬々野浦の中村伝さんです。伝さんは、当時七十一歳、奥さんはヨシさんです。伝さんは四十二歳で失明しました。当時の医者のミスだそうです。目が見えませんが、一つもひがんでいないんですね。陽気なんです。奥さんが経営する店の隅の三畳の間にすわって店番をしていました。純朴なところだから万引きする人もいません。非常に耳が達者だから、誰が来たかすぐわかります。この伝さんがこんなことをいうんです。「俺は、もうこの歳になって、日本中にどんな名医がいても、

前原吉之助さん（明14年生。南九州市知覧町大隣）。左は孫の佐都子さん。1975年に写す

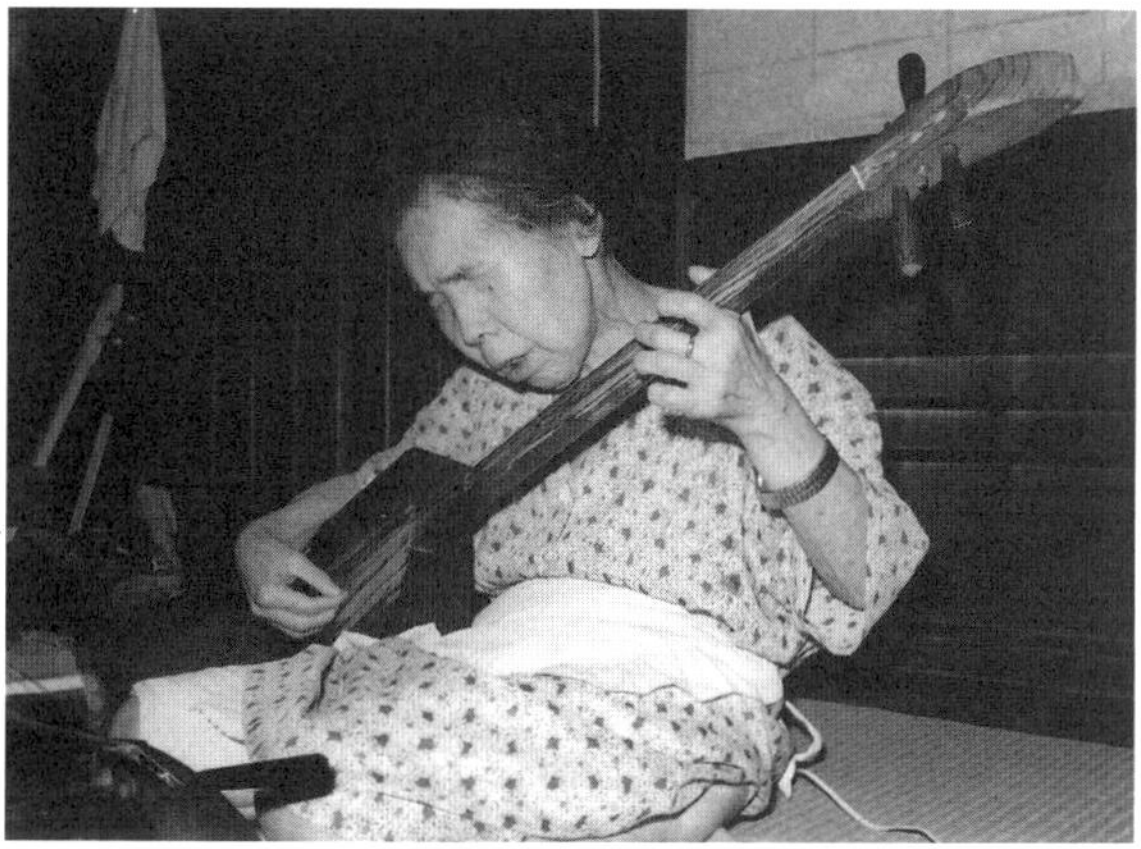

ゴッタン（板三味線）を弾く荒武タミさん（明44年生。曽於市財部町大川原）。1977年に写す。当時76歳

この目を治してくれるといっても治してもらわなくてもいい」と。どうしてかと聞くと、「私のまなこには、だいじなカカが三十歳のままでいる。私はそれを大事にしたい」というんです。私もこれには何ともいえず、笑ってしまった。そういう愉快な方でした。この方はすばらしい話者でしたが、このお父さんもすばらしい話者でした。戦前に出た『甑島昔話集』という本は、沖永良部島出身の岩倉市郎さんが、お父さんの話をまとめた本です。不思議なことに「その本には、父から聞いた話はない」と伝さんはいわれるんです。おもしろいですね。よその人に話す話と息子に話す話はちがうということですね。伝さんからは、数十話聞きました。

前頁の写真、ゴッタンを持っているのは、有名な荒武タミさんです。曽於市財部町《たからべちょう》、当時七十六歳。この方は七歳でお父さんを亡くしますが、その前に失明しています。お父さんが亡くなって八歳のときから国分の師匠につき三味線を習います。十六歳のとき、お母さんも亡くなりました。少女のころに失明し、目は見えない、両親はいないとなって、金持ちの家に奉公に行きました。子守りをしておられました。だんだん大人になって、二十歳になって独立したとき、ゴゼをして歩くんです。

半生苦労した方です。この人の存在を知ってからですが、歌が上手だったら昔話をしっておられるにちがいないと思い、財部まで訪ねて行きました。そしたらやっぱり昔話を知っていました。

「七、八歳から十五歳まで聞いた話ならいくつか覚えている」といわれました。皆さん、そのとき七十六歳ですよ。何十年ブランクがあっても昔話は子どものときに聞いたものは忘れないんですね。幼児教育がいかにだいじかということがこれを聞いてもわかります。私は今ごろになって反省するんです。

タミさんが話した話はたくさんありますが、私にははじめて話をしたといっていました。そのはじめて話す話がすごいです。そのまま文章化しても訂正する必要はありません。しかも全体的にリズミカルで、沈んだかと思うとパッと盛り上がり、たいへん展開がおもしろかった。

このタミさんはゴッタンの名手でもありました。写真で手にしているのが、ゴッタンです。ゴッタンが白くなっているのは、人差し指の爪で弾《ひ》くのに木が削《けず》れて白くなっているのですね。歌は、ハンヤ節、ヤッサ節、松島節となんでもできた。耳が達者で勘がいいんです。

人の二、三倍苦労しながら、すこしも暗さがなく明るかったです。仏様のような人でした。そして、頭がいい。七、八歳のころ覚えた話をすらすらと、しかも整理された話をするんです。何十年かぶりに話をしてそれでおもしろい。

やがてこの方が東京の檜舞台を踏みます。東京の国立劇場でゴッタン演奏会をやったんです。それで、日本中に知られることになりました。残念ながら今はいらっしゃらない。すばらしい方でした。

③薩摩・大隅の語り手のなかから

松元金之助さんは、私が鹿屋市に住んでいるころ昔話を知っている人を訪ねて歩いているとき、紹介してもらいました。家を訪ねて行くと奥さんがおられ、「おじさんおりますか」と聞くと、畑にいるということです。屋敷の前の畑に行き、「おじさん、昔話を教えてくれ」というと、「お前、いいとこに来た。そこにすわれ」と。畦《あぜ》にすわると「今日は仕事はいいから」とずっと話してくれました。本宅に行く時間もなく、次から次に十数話、もう一日と願ったら、また同じくらい話をしてくれました。合計してたくさん聞きました。松元金之助さんも忘れられない人です。

西篤《あつし》さんは、南九州市、頴娃《えい》町青戸の方です。青戸も茶畑が広がり、開聞岳が見えて、風光明媚《めいび》なところでした。伊佐農林高校に勤務していたころ、牛垣さんという若い先生が、「私の母のお父さんであるじいさんが昔話を語るんだ」というので、話を聞きに行きました。そうしたら出るわ、出るわ、一回のみならず、三回も四回も通いました。

「おじさんは、誰かに伝えているのですか」と聞いたら「娘に話すぐらいだ」とおっしゃいました。娘さんも三十歳ぐらいです。これはもったいないということで、私が全部記録しましたが、「どうして昔話を知りましたか」と聞くと、農林技手《ぎて》をしていたとのこと。昔、鹿屋農高を出て、畜産免状も持ち、あちこち話を聞いてまわっていたからということでした。

次は岩下スギさん。伊佐市大口の方です。この方は身ぶり手ぶりで話をしてくれて、たいへんおもしろい方でした。

④屋久島の語り手

次に行きましょう。次頁の方は岩川イワさん、畑のそばで、普段着で撮影したものです。当時六十九歳です。屋久島町、尾之間《おのあいだ》の方です。どうして知ったかというと、屋久島の民俗調査をするなかで昔話をする人はいませんかと聞いてみました。昔話だけを調査することはなかったです。ついでに聞いたものです。

孫のような子が、「うちのばあさんが話すよ」といって教えてくれました。写真は小屋の前で撮影していますが、本宅は別にあります。この方にはびっくりしましたね。おもしろい貴重な話をたくさん語りました。

姉の日高ミヨさんもこれまたわらべ歌を知っていまし

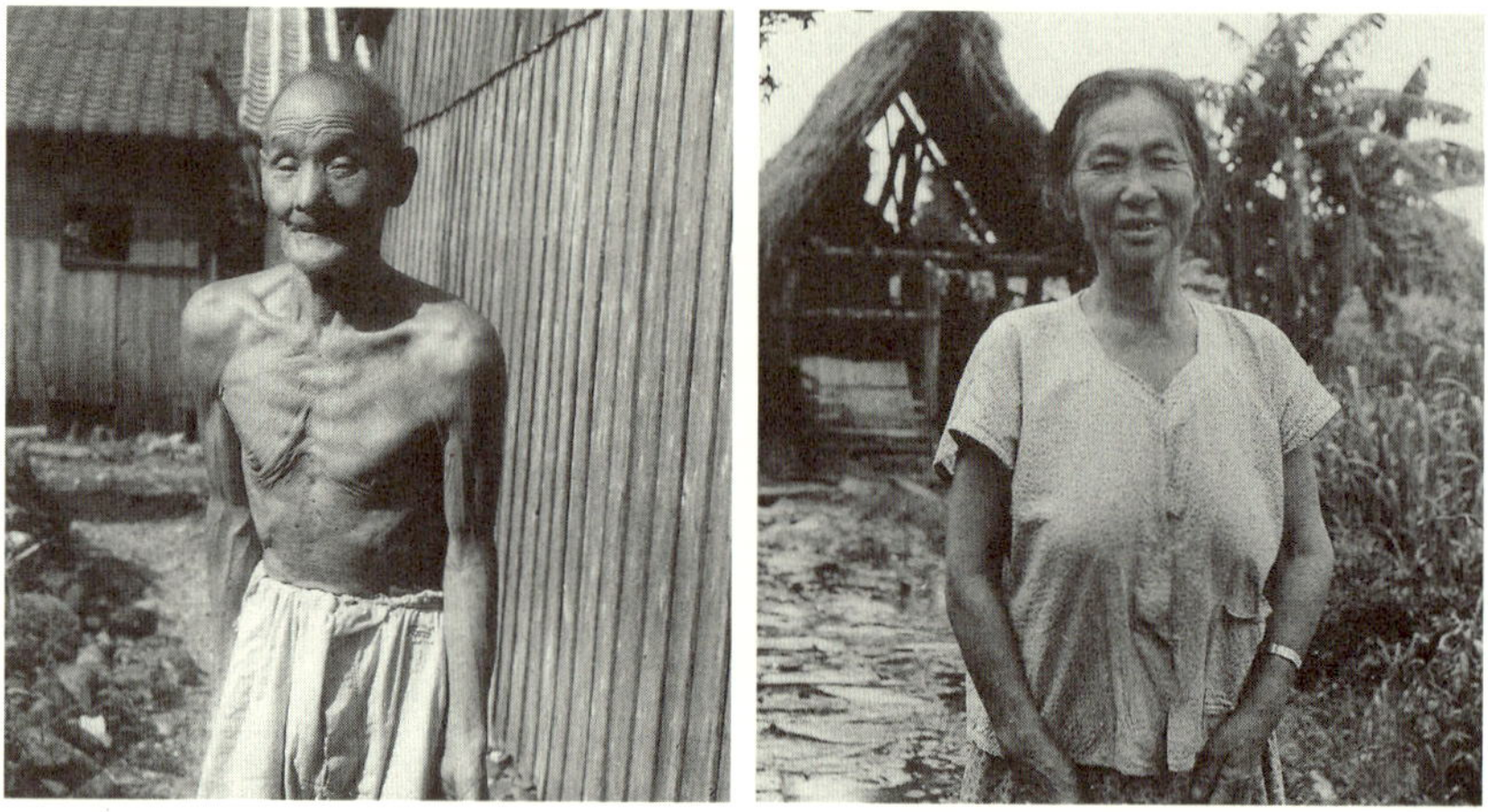

（右）岩川イワさん（明25年生、屋久島町尾之間）。1961年、当時69歳
（左）熊本常吉さん（明16年生、屋久島町志戸子）。1961年、当時82歳

た。

十五～十六種類のわらべ歌を知っていましたので、録音して久保けんおさんに送りました。久保けんおさんは、鹿児島県が生んだ音楽の天才です。この人にお願いして楽譜にしてもらいたかったのです。リンゴ箱いっぱいオープンリールのテープを送りましたが、久保先生は大喜び。久保けんおさんの谷山のお宅に一晩泊って行けといわれ、テープを聞きながらいろんな話をしました。この久保先生は一回テープで聞いたら音符にできる天才でした。喜界島出身ですが、こんな天才はなかなかいません。この貴重なわらべ歌はその後、『南日本わらべ歌集』となってまとめられました。音楽の友社から出ています。その本の中にはミヨさんの歌もたくさん入っています。

上の写真は、熊本常吉さんです。上半身はだかですが、当時はみんなこんなふうでした。私も上のシャツを（途中の小川で）洗って干して、下は兵隊ズボンでした。

「こんにちは、おじさん、お伽話《とぎばなし》を知りませんか」というと、「まあ、そこに座れ」といわれます。こういう人は、まず、知っている人です。知らなければ帰れといいます。「何から語ろうかいな」といって話しだすと、たくさん（昔話が）あるということです。一つ話しだすと止まりません。しかも、おもしろいんです。しかし、お姿はこのようなものでした。あえておじさんには失礼ですが、当時のことですから、おじさんにお詫びしながら掲載しました。

⑤トカラ列島と屋久島の語り手から

トカラ列島では宮永宗市《そういち》さんです。十島村《としまむら》の悪石島《あくせきじま》です。今はずいぶん交通の便がよくなりました。この方は大分県で結婚して家庭もありましたが、六十歳になって決心し、一人、生まれ故郷の悪石島に帰ってきました。家のまわりの竹林をみんな切りひらき、里芋や栗を作っています。時季になると、渡り鳥のサシバがやってくるところです。おじさんは何よりも神信仰を熱心にされておりました。仏教以前の自然神信仰ですね。悪石島の神々に祈りをささげておりました。民宿で、昔話を知っている人ということで宗市じいさんを紹介してもらった。そしたら知っているんですね。「おれが話すからお前書け」と言うんですね。何度か話を聞いているうちに、自分から私の民宿を訪ねてきてくださった。これもめずらしいですね。短い話も合わせて合計百を超す話をうかがっています。しかし、それは何年もの間、何回も会って聞いた合計です。そのうち、発表したのは十数話。まだまだたくさんあります。

さて、次の安藤大太郎さんは、地元の子どもたちから方言で「デタオジ」と呼ばれていました。屋久島町安房川の如竹《じょちく》神社の木陰でいつも涼んでおられました。私が行くと、「おお、来たか」と話してくれました。この方のはなし方はまたちがっていました。深々とゆっくりと、しかも長い話をおもしろく話してくれました。何十も話してくれました。息子さんは中種子の「ひよこ」という店の調理師をしていらしたということでしたが、お訪ねできなかった。

もう一人、日高亀助さんです。おじいさんから可愛がられ、寝物語に、いつもじろ端で話を聞いていたといいます。お父さんは金助。お父さんは文久の生まれということですから、おじいさんはさらに前です。

皆さん、昔話はおじいさんから孫が聞くものです。昔から、だいたい祖父から孫へ一回は六十年、二回目は百二十年。十回繰り返すと六百年前です。二十回だと千二百年前、奈良時代です。そのまま伝えられているというものはありません。もちろん新しいものも加わっていますが、昔話は、六十年ごとにくり返されていく、案外古いものです。鎌倉、室町の時代なんてほんの少し前、ということになります。そういう古い話がおじいさんやおばあさんがなんとなく話しているなかに織りこまれているのです。

それを考えたときに、はっと思わざるを得ません。すごいことです。書いたものは二百〜三百年でボロボロになってしまうが、伝承力というのは強い。人間の文化は大変なものです。

鹿児島の文化というものは、何でもないようだけれども、昔話に限らずそんな古いものに根ざしているものもあります。それを思うと、大変貴重なものです。だから伝統文化はだいじにすべきです。

⑥奄美諸島の語り手から

中山モミエさんは大正十五年生まれ、奄美大島大和村《やまとそん》の方です。お父さんの高槻《たかつき》さんという方が昔話を知っているということで訪ねていきましたら、「いや娘の方が知っている」ということで紹介していただきました。この高槻モミエさんですが、結婚して中山姓に。最近、息子の高槻嘉一郎さんが、私が話を聞いた当時の写真を提供してくださいました。写真は、『鹿児島ふるさとの昔話2』（南方新社）二四五頁に掲載。そのころ、私におもしろい話をたくさんしてくれたのです。奄美方言はむずかしいですね。中山さんは方言で話して、その後、もう一回標準語で話してくれました。

本書の一二二頁の写真を見てください。昔話を聞く子ども達です。これは鎌田末次《すえじ》さんが左に写っています。中種子町竹屋野公民館の庭です。ここに写っている子どもたちは今、六十歳前ぐらいでしょうか。


昔話を聞くときは、たいがい、一対一です。必ず返答することがだいじです。聞き流してはいけません。一言《ひとこと》話したら「えー」とか「んー」、「あー」とかいいます。何もいわなければ、話者から「お前、聞いていないからもう話をせん」といわれてしまいます。相槌《あいづち》を打つと、話者も話しやすいですね。こういう集団で聞くということは珍しいですね。これは記念にとった写真です。

四、昔話の分類と世間話《せけんばなし》

①昔話の分類

・動物昔話は、動物が主人公で出てくる話です。さっき聞いたサルカニは動物昔話ですね。ぢろの会の方が語った種子島の「ケシこい、クロクチこい」も動物昔話ですね。
・本格昔話は、人間が関係します。いわば人間昔話です。
・笑話は、鹿児島で有名なのは、日当山侏儒《しゅじゅ》どん、全国では一休さんですね。
・世間話というのはちょっと説明しにくいですね。昔話で扱う世間話は、うわさ話とは少し違います。世間に流通していて、語り伝えられているもの、そこにおもしろさや教訓が加わっているものを世間話で扱います。

歴史と昔話も違いますね。歴史は真実の話ですが、昔話はおもしろさを追求していますから。伝説と昔話もちがいますね。伝説は、その場所や人物などにちなむいい伝えです。

昔話を聞くときのだいじなことは相槌《あいづち》を打つこと、というのも、先ほど話した「あー」「えー」のことです。

じつは、世間話は今も生きています。町や村、集落で、学校で、友人間で、生きています。ところで、うわさ話は意外にも速度が速いですね。テレビ以上に速いです。あっという間に東京にも行ってしまう、地球をぐるっとまわって帰ってくる場合もあります。皆さん、うわさ話は気をつけないと、怖《こわ》いですね。うわさ話の発信源になってもいけません。うわさ話を全部信じてもいけません。

広い意味では、昔話はそういう構造の上に乗っかっているのだということを理解しておいてください。しかし、昔話は、こうした口頭伝承の中では上部にある口承文芸に属します。

おわりに、ここでちょっと話をします。

昔話はお伽話とも言いますね。この伽《とぎ》というのは、何で伽というのか。伽というのはじつは、意味深い言葉です。

昔話は夜伽《よとぎ》でよく話されました。夜伽というのは葬式の通夜のこと。昔は一晩中、朝まで遺体のそばで眠らずに過ごしたものです。親族皆眠るわけにはいきませんから、その眠気覚ましに語られました。もちろんその席で笑話やおかしい話はしません。昔話はそのようななかで語られました。

もう一つあります。伽というのは殿様のたいくつしのぎにそばの人に話し相手になってもらう、それを伽といいました。それで、お伽話という言葉が残ったわけです。

しかし、これが奄美大島に行きますとまたちがいます。黒板に書いたここが奄美大島ですね。そして、加計呂麻島や与論島です。ここが古仁屋ですね。奄美大島では、昔話を昔話とはいいません。北部の方では「ムンガタリ」とかいいます。私は単車でまわっていましたから、奄美のすべての集落を調査でまわってみたのです。その中で、「ムンバナシ」や「テキバナシ」を知りませんかと聞いてまわりました。賢明な皆さんのことですからわかると思いますが、「ムンガタリ」は物語で昔話のこと、「テキバナシ」はお伽話ですね。どちらも昔話のことをいっています。

奄美は実は大変な昔話の宝庫であります。この前、ここでお話をされた有馬英了先生が奄美で昔話を集めて本にされています。

奄美は全集落すべてにすごい語り部《べ》がいました。昭和四十年代ごろです。

奄美大島に百五十の集落がありますが、ほとんどの集落に語り手が一～二人いて、一人、二十話とすると百五十集落で、三千以上の昔話があったということです。私が東京の大学の先生に話したことがあります。大学には口承文芸というコースがありますから、学生さんたちを集めて調査をしないかと持ちかけましたが、先生方もたいへん忙しいし、また、旅費もかかることですし、ついに実現せずに今日にいたっております。

実際やったのは、大島高校におられた田畑英勝先生や先ほどの有馬先生。また、阿木名《あぎな》小学校におられた本田碩孝《ひろたか》先生などです。奄美は昔話の宝庫です。そのなかで熱心に私に話して下さったのが先の中山さんです。しかも、いい話をされました。

五、おわりに

それではおわりに入ります。鹿児島は非常にゆたかな昔話の世界を持っています。各市町村の郷土誌、有馬英子先生や本田碩孝《ひろたか》先生の本があります。郷土誌をふくめて記録されたものでも鹿児島県内には三千ぐらいはあります。それを皆さんぜひ活用してください。

また、世間話や妖怪は今も再生産されています。今もおもしろいものがたくさんあります。妖怪ですね。よく知られているのはガラッパの話ですね。今でも聞く話です。奄美ではケンムンです。沖縄ではキジムナーとなります。

こういう妖怪談をノートの片隅に記録しておくとおもしろい。現代も昔話は完全に途絶えたわけではないのです。うわさ話はおそろしい勢いで再生産されています。その伝播力はすごいです。

ところで百年後には今、皆さんがメモされたものが、貴重な文献になります。悪口はいけません。皆さんどうですか。日記をつけている人がおられたら、毎日どこに行って、スーパーに行ったとかいうメモの後にうわさ話や妖怪の話などを三行ほど書き残してはどうでしょうか。皆さんが書き残したものが、ひょっとすると文化財になるかもしれません。

三番目に方言と標準語の問題ですが、方言がくずれています。標準語に地域方言をすこしずつうまく取り入れるという工夫を話者の方はされたらいいと思います。そういう工夫はされていると思いますが、その地域の方言でいいかと思われます。鹿児島の方言に合わせる必要はありません。鹿児島も上町《かんまち》、谷山とちがいます。自分の住んでおられるところを正とすればよいのです。鹿児島とちがうと思ってはいけません。自分の方言でいいんです。それが昔話の語り部です。語り手をふやすことについては、今日ご出席の様々な団体の方々が日夜、努力しておられますことに敬意を表します。

私の記録の反省ですが、私はときどきですね、ひまひまに録音したわけですから、あと何年生きるかわかりませんが、それをなるべく全部文字化したいと思っています。幸い家内の協力もありますが、それを何とか残したいと思っています。

まあ、昔話につきましてとりとめのない話をしましたが、皆さん熱心にお聞きいただき、私はたいへんありがたいです。

昔話はじつに貴重なものです。目を丸くするような貴重な文化遺産なんですね。何でもない話が、皆さんのまわりにいくらでもころがっていたということですが、今でもいくらか話せる方がいるわけです。昔話をぜひ自分のものにして自分で語れるようにしてください。

六十年後は、ここにいる若い青年の方々は大長老になるわけです。そのためにもぜひがんばってください。そして、鹿児島県青年団、またそれに連なる方々の精神興しの一助となればと思っております。

今日は、いろんな方面の方にたくさんきていただき、私のつたない話を熱心に聞いていていただきありがとうございました。ご清聴ありがとうございました。

あとがき

いかがでしたか。鹿児島県各地の昔話、おもしろかったのではないでしょうか。方言の入ったものは、若い方にはすこし読みにくいかもしれませんが、おもしろかった話をもう一回よんでみてください。方言は味があります。

本書に収録した昔話は、ひまひまに書いたものですが、次の機関誌に連載あるいは掲載させてもらいました。

○『興南』１０１～１０２号（平成二十三年、二十四年、盈進社《えいしんしゃ》）
○屋久島環境文化村センターの『屋久島通信』第五二号～第五六号（平成二十四年～平成二十六年）
○『鹿児島民俗』１４２～１４５号（平成二十四年～平成二十六年）
○村田 熙《ひろし》編『加計呂麻島の民俗』（昭和四十四年）
○『鹿児島民俗』１２号（昭和四十四年）
○鹿児島県青年会館「鹿児島ふるさとの昔話―しまのはなし」（平成二十五年）

以上、関係者に感謝申しあげます。特に東京で盈進《えいしん》社社長をされながら、ふるさと鹿児島の文化向上に熱意をもってご活躍してくださる下園典子さんをはじめ、屋久島環境文化村センターの民話担当の畠《はたけ》幸江《ゆきえ》さん、鹿児島民俗学会代表で編集をしてくださる所崎平氏にあつくお礼申しあげます。屋久島に渡島するたびにおせわになった同センターの戸越《とごし》雄一郎先生（現在、坊津学園中学校にお勤め）にも深く感謝いたします。

鹿児島県青年会館の池水聖子さんには、講演の前後を通じてたいへんお世話になり、厚くお礼申しあげます。第六章の録音・文字化はすべて池水さんのお世話になりました。心から感謝申し上げます。

鹿児島市にある小・中・高校一貫校のすばらしい学園の池田学園長池田弘先生には、「池田学園総合誌」である『学び』に小生の昔話集を何度か紹介していただきました。『学び』は、池田先生を知るたくさんの方々の随筆集ですが、各人一頁ずつのたいへん興味深くすぐれた内容の冊子になっており、近々に60号発刊となります。池田先生に感謝申し上げ、学園のいっそうの発展を祈ります。

筆者がこれまでに書いた昔話集は、このシリーズのほかに、
○『屋久島の民話（紅の巻）・（緑の巻）』（南方新社）…標準語調で方言も入る。
○『種子島の民話（第一集・第二集）』（未来社）…標準語調で方言も入る。
○『種子島の昔話Ⅰ』（三弥井書店）…完全方言昔話集です。でも分かりやすく味があります。
○『鹿児島昔話集』（南方新社）…標準語調ですが、一部完全方言昔話が入っています。
以上がありますので、ぜひ読まれてください。全部ちがう話です。

本書を出版してくださった南方新社社長向原祥隆《むこはらよしたか》氏には、お忙しい中に鋭意、お一人で編集してくださり、また鹿児島各地の少しずつ違う手書きの方言を原稿どおりに入れて下さって、たいへんお世話になり、また坂元恵さんにもお世話になり、心から感謝申し上げます。なお、本書は、厖大な昔話テープ（オープンリールのテープおよびカセットテープ）から書き起こしたものです。テープの録音そのままを書き起こしてくれた家内にも感謝したいと思います。

本書には、六十年近く前に聞いた話も収録してあります。本書に登場された大方の方が他界されてい

ます。県内各地で、おもしろく、やさしく、たのしく語ってくださった話者の皆様方に心から御礼申しあげます。

平成二十六年四月三十日

著者記す

■編著者プロフィール

下野敏見（しもの・としみ）

1929年、鹿児島県南九州市知覧町生まれ。1954年、鹿児島大学卒業。鹿児島県内各地高校教諭をへて鹿児島大学教授、鹿児島純心女子大学教授。文学博士（筑波大学）。鹿児島民俗学会顧問、鹿児島民具学会会長、隼人文化研究会会員、日本民俗学会会員、日本民具学会会員、民俗芸能学会評議員。
第１回柳田国男賞受賞。第52回南日本文化賞受賞。平成26年本田安次賞特別賞（芸能）受賞。

主要著書
『南西諸島の民俗』Ⅰ・Ⅱ（法政大学出版局、1980・1981年）
『ヤマト・琉球民俗の比較研究』（法政大学出版局、1985年）
『東シナ海文化圏の民俗』（未來社、1989年）
『日本列島の比較民俗学』（吉川弘文館、1994年）
『南九州の伝統文化Ⅰ　祭礼と芸能、歴史』（南方新社、2005年）
『南九州の伝統文化Ⅱ　民具と民俗、研究』（南方新社、2005年）
『奄美、トカラの伝統文化　祭りとノロ、生活』（南方新社、2005年）
『屋久島の民話』緑の巻・紅の巻（南方新社、2005・2006年）
『鹿児島昔話集』（南方新社、2009年）
『鹿児島ふるさとの昔話』（南方新社、2006年）
『鹿児島ふるさとの昔話２』（南方新社、2012年）
『南九州の民俗文化全25巻』（南方新社、2014年現在12巻刊行）

※本書の中には一部、今日では差別用語と取られかねない表現がありますが、話者の語りを尊重して、そのままとしました。

鹿児島ふるさとの昔話3
二〇一五年二月二十日　第一刷発行
著　者　下野敏見
発行者　向原祥隆
発行所　株式会社 南方新社
〒八九二－〇八七三
鹿児島市下田町二九二－一
電話 〇九九－二四八－五四五五
振替口座 〇二〇七〇－三－二七九二九
URL http://www.nanpou.com/
e-mail info@nanpou.com
印刷・製本　株式会社イースト朝日
定価はカバーに表示しています
乱丁・落丁はお取り替えします
ISBN978-4-86124-307-3